Giovanni Verga

Dal mio al tuo

DAL TUO AL MIO

Dramma in tre atti rappresentato da Oreste Calabresi nel 1903 a Milano. Non è stato mai pubblicato, ma è apparso in forma di Romanzo nella Nuova Antologia *nel 1905. Edito da Treves 1906 e da Bemporad nel 1929 con uno studio di Lina Perroni.*

PERSONAGGI

Il Barone Navarra

Lisa, Nina, *sue figlie*

La Zia Bianca

Don Rocco

Luciano

Don Serafino

La Marchesa

Il Marchese

Il Cavaliere

Rametta

Padre Carmelo

Il notaio Zummo

Nardo, Matteo, Bellomo,

Lavoranti della zolfara

Donna Barbara, *vecchia domestica*

Sidoro

L'Usciere

ATTO PRIMO

In casa Navarra. Sala arredata all'antica. Usci a destra e a sinistra (quello dell'anticamera in fondo). Mobili vecchi, ma custoditi gelosamente. Ritratti di antenati alle pareti, tipi fra il contadino e il nobiluccio di provincia, in parrucca e spadino, oppure in toga. Girandole rococò agli stipiti degli usci con candele accese. Una bella lumiera di Murano pendente dalla volta.

SCENA I

Il Barone, dal viso bonario, un po' rustico, reso burbero dalle avversità, sta accendendo le candele della lumiera, salito su di una vecchia seggiola di cucina, in maniche di camicia, ma già in cravattone bianco per la cerimonia. La giubba, di taglio antico, come tutto il suo vestiario, è buttata sul canapè. Sidoro, insaccato in una vecchia livrea, coi calzoni lunghi color nocciola, raso di fresco, ma coi capelli irti ed indocili malgrado l'unto, più arcigno del solito in grazia della solennità, aiuta goffamente il padrone. Nardo e Luciano stanno a guardare dall'uscio in fondo, aspettando.

IL BARONE (*a Sidoro*). Così, santo Dio! Ci vuol tanto?

SIDORO (*brontolando*). Non so. Non ho mai fatto il sacrestano io!

IL BARONE. Tu non hai fatto mai nulla!

NARDO. Dunque, signor Barone, cosa facciamo?

IL BARONE (*senza dargli retta e senza voltarsi*). Lo vedi quel che sto facendo.

Si ode una scampanellata in anticamera.

Chi è? Di già? Santo Dio...

D. BARBARA (*accorrendo dall'uscio a sinistra, vestita da festa anche lei, tutta scalmanata con un gran vassoio di dolci nelle mani, a Sidoro*). Date, date qua, Don Sidoro.

SIDORO (*brontolando*). Anche Donna Barbara adesso!

IL BARONE (*a Donna Barbara stizzito*). No, no, non è ora dei dolci. Di là, di là in cucina.

Donna Barbara rimane col vassoio in mano, in mezzo

alla stanza, senza saper che fare.

LISA (*dall'uscio a destra, terminando d'acconciarsi*). Sentite che suonano?

D. BARBARA (*guardando intorno estatica*). Che bellezza! Sembra una chiesa...

IL BARONE (*gridando*). Si può sapere chi è, Sidoro?

SIDORO. Vado, vado. Non posso far tutto in una volta!

Va a vedere in anticamera, e Donna Barbara posa il

vassoio sulla consolle per corrergli dietro.

NARDO (*al Barone, senza muoversi*). Allora, me ne vo. A me non m'importa...

IL BARONE (*sempre voltandogli le spalle e seguitando come prima*). E neanche a me.

LUCIANO (*colle mani nelle tasche dei calzoni, in aria provocante*). Questa è faccenda che si deve accomodare, signor Barone!

IL BARONE (*voltandosi verso di lui, irritato*). Anche Luciano, ora?

Cacciandosi le mani in tasca lui pure, ironicamente.

Sentiamo come vuole accomodarla, signor capopopolo, padrone mio?

LISA (*correndo a prendere il vestito ch'era buttato sul canapè e aiutando il padre a infilarlo*). Presto, papà. Non vi fate trovare così.

IL BARONE (*strillando verso l'anticamera*). Chi è? Sono scappati tutti?

D. BARBARA (*tornando indietro con due bottiglie di rosolio*). Lo speziale: ha mandato il rosolio pel trattamento.

IL BARONE (*stizzito*). E me lo porta qui!

A Sidoro che reca anche lui delle bottiglie e va per posarle sulla consolle.

Che fai? che fai? Di là vi dico. In cucina, insieme ai dolci del monastero.

D. BARBARA (*porta via il vassoio ed esce dalla sinistra*).

SIDORO. Ho due sole mani. C'è anche questo qui.

Dà il conto piegato al padrone.

Il garzone è lì che aspetta.

IL BARONE (*strappandogli il foglio di mano e cacciandoselo in tasca*). Domani! Dì che passo io stesso da lui domani. Non ha da comprarsi il pane stasera lo speziale?

Voltandosi a un tratto verso di Nardo, infuriato.

Ma lasciami stare oggi, Nardo! Non mi far fare la bocca amara anche tu!

Altra scampanellata all'uscio. Sidoro va a vedere chi è. Lisa corre a prendere le bottiglie rimaste sulla consolle, mentre il Barone fa per portar via la vecchia seggiola su cui era prima salito.

SCENA II

La zia Bianca, in fronzoli, festante, accaldata, facendosi vento:

Son qua!... La prima!... Che caldo! Che contentezza oggi in casa vostra!

LISA (*correndo ad abbracciarla*). Oh! Zia Bianca!

IL BARONE. Grazie, grazie, cugina Bianca. Non possiamo dubitare...

D. BIANCA (*abbracciando Lisa*). Cara Lisa!...

Poi al Barone.

Un matrimonione!... La gente lasciatela parlare. Verrà anche lo zio Marchese?

IL BARONE. Sicuro. Perchè non dovrebbe venire?

D. BIANCA. Quello che dico io. Certi fumi, al giorno d'oggi, bisogna lasciarli stare. Lui ha pure sposato una maestrina, perchè parlava col squinci e linci... forestiera per giunta!... alla sua età!... Vostra figlia ora è contenta?

IL BARONE. Se non fosse contenta lei...

D. BIANCA. Lo so, lo so, Don Mondo. Voi non siete di quelli che vorrebbero far bere l'asino per forza. La Nina poi è così ubbidiente, così giudiziosa!...

IL BARONE (*giungendo le mani*). Per forza, cugina mia! Come si fa, santo Dio? Quell'altro che non aveva niente: qui in casa! lo sapete!

D. BIANCA. Sì, sì, lo sa anche lei. Vedete, che s'è persuasa anche lei alla fine... Che volete? ragazzi! S'era messo in testa quell'altro vedendolo per casa... Cugini, è naturale; ma poi ha chinato il capo.

Guardando intorno.

Bene! Avete fatto le cose bene. La casa è sempre quella: chi sa che trambusto oggi in casa vostra! Vi vedo ancora in faccende.

LISA. Papà è stato in giro finora.

IL BARONE (*con un sorriso un po' amaro*). Sì, sono andato a spasso!

NARDO. Dunque, me ne posso andare?

IL BARONE (*voltandosi a lui irritato*). Nardo, sei ancora qui?

NARDO (*facendo per andarsene*). Benedicite; me ne vo...

Tornando a un tratto indietro, scaldandosi e gesticolando vivamente.

Ma se non possiamo tirare avanti colla paga che abbiamo, vossignoria! Quei quattro soldi che guadagnano i carusi se li mangiano i maestri...

LUCIANO (*interrompendolo bruscamente*). Si mangiano le vostre corna, mastro bestia! Quasi i maestri non fossero scontenti anche loro!

NARDO. Dico bene: il dazio, la ricchezza mobile, la tassa sul pelo, con rispetto parlando! Chi possiede anche un misero asinello, deve pagare! Ora poi hanno inventato la legge pei ragazzi che lavorano nelle miniere. Un povero galantuomo non può nemmeno campare sui suoi figliuoli!..

IL BARONE (*amaramente ironico*). Sicuro! Ci campo io!

NARDO (*sorridendo goffamente*). Eh vossignoria... vi manca il pane e il companatico qui!...

LUCIANO. Deve accomodarsi questa faccenda delle paghe, signor Barone. Sentite a me, che vi voglio bene.

IL BARONE (*irritato*). Si vede come mi vuoi bene! Mi rendi il bene che ti ho fatto crescendoti orfano in casa mia!

LUCIANO (*rigirando il berretto tra le mani*). In casa vostra... Io pure ci ho lavorato in casa vostra... Domando il fatto mio... quello che è giusto.

IL BARONE (*gli dà un'occhiataccia torva senza rispondere, e poi si rivolge a Nardo investendolo*). Nardo mi trovi mille lire che mi servono come il pane? Tutto il giorno che sudo sangue per cercarle...

NARDO (*con un sorriso sciocco*). Eh... quando le incontro per strada, le mille lire...

IL BARONE (*prendendo per le spalle lui e Luciano e spingendoli fuori*). Allora vattene! Allora vattene! Non mi fate perdere la pazienza!

LISA (*calmandolo*). Papà...

D. BIANCA. Via, Don Mondo, non vi guastate la festa.

IL BARONE (*asciugandosi la bocca amara col fazzoletto*). Me la guastano! Me la guastano, cugina mia!

D. BIANCA. Vediamo la sposa. Nina? Nina? Dov'è, quanto l'abbraccio...

LISA. Or ora viene, zia.

D. BIANCA. Sarà ancora allo specchio. È giusto. La festa è per lei. Verrà anche la tua festa, non temere. Perchè? Cosa vuol dire? Su quella testa, sciocca! Ti mariterai anche tu, non temere!

LISA (*a capo chino, colle ciglia aggrottate*). Ma sì! Ma sì! Chi vi dice?...

D. BIANCA. Tu devi dire quel che dice tuo padre. Lascia fare a lui che non ci dorme su, poveretto. Hai visto tua sorella? Pareva che finisse il mondo se non sposava suo cugino Lucio; invece tuo padre gliene ha trovato un altro che è cento volte meglio. Pensa invece come sei nata.

LISA (*interrompendola sorridendo, ironica*). Per grazia di Dio, lo so!

D. Bianca (*accalorandosi*). Per grazia di Dio! Sissignora!

al Barone:

Questa poi non le somiglia a sua sorella.

Il Barone (*sorridendo bonariamente*). Che volete? È così giovane!

D. Bianca. No, no, è di un'altra pasta.

A Lisa:

Giacchè Dio ti ha fatto nascere in questo stato, bisogna aver pazienza. Ridi perchè ne ho avuta tanta io?

Lisa (*ridendo*). No, zia, non rido.

D. Bianca. Non ne son morta, vedi?

Vedendo entrare Nina.

Oh, Nina.

Nina (*abbracciandola*). Cara zia!

D. Bianca. Qua, qua, figliuola mia!... Mi sento tutta così...

Si asciuga gli occhi.

Lasciati vedere!...

Tastando la stoffa del vestito.

Questa è roba di fuori?

IL BARONE. La roba sì, ma quanto al resto...

D. BIANCA. Lo so, lo so. Mani benedette! Mezza dote l'hanno nelle mani le vostre figliuole.

A Nina:

Che Dio ti benedica! Vedi come gli ridono gli occhi anche a tuo padre, poveretto?...

IL BARONE (*commosso*). Oh, per me... io ci sono avvezzo ai guai... Ma almeno che non abbiano a tribolare anche loro...

Nina, senza parlare, ma con le lagrime agli occhi, gli butta le braccia al collo.

T'avrò fatto piangere, figliuola mia... Ti sarò parso un tiranno...

NINA (*mettendogli una mano sulla bocca*). Zitto, babbo! Non dite così!

D. BIANCA. Non dite così. Lo sa anche lei perchè facevate il tiranno. Quello lì che non aveva niente, qui in casa... Basta, ora Nina è contenta.   ,

Nina scoppia a piangere fra le sue braccia.

Cos'è? cos'è adesso?

IL BARONE (*quasi colle lagrime agli occhi*). Cos'è, figlia mia? Parla! Dillo a tuo padre...

LISA (*asciugandosi gli occhi*). Povera Nina!...

D. BIANCA (*scattando*). Ma che povera!... Sarà la prima del paese!... Brava!... È così che incoraggi tua sorella?...

IL BARONE (*c. s.*). Non sei contenta, dì?... Dillo a tuo padre...

NINA (*chinandosi a baciargli la mano*). Sì, papà... sono contenta.

IL BARONE (*accarezzandola, affettuoso e commosso tanto da non trovar le parole*). Perchè... perchè piangi, dunque? ... Cos'è?...

NINA (*asciugandosi gli occhi*). È la gioia... è la contentezza... piango per la contentezza.

10

D. Bianca (*abbracciando e baciando Nina*). Tè! che voglio dartelo proprio di cuore! La tua povera mamma, lassù, ti benedice, ed è contenta anche lei, vedi!

Volgendosi a Lisa che ha ancora il fazzoletto agli occhi.

Vi guarda di lassù tutt'e due...

Sidoro (*accorrendo, tutto sossopra*).. La carrozza!... La carrozza del signor Marchese!...

Il Barone. Lume! Presto, fate lume!

D. Barbara (*viene dalla destra, correndo, col lume di cucina*).

Il Barone. No! Quello no, bestia!... Sidoro, un lume...

Sidoro. C'è il lume! C'è! Sin nella scala ho acceso il lume.

Tornano correndo in anticamera.

SCENA III

Sidoro (*con enfasi, precedendo dall'anticamera il Marchese e la Marchesa*). Eccolo qua!... Colla signora Marchesa anche!

Il Barone (*andando ad incontrarli, ossequioso*). Quanto onore stasera! Quanto onore in casa mia!

Il Marchese (*in cravatta bianca, ripicchiato, azzimato, coll'aria affettatamente amabile di gran signore*). Che piacere, volete dire! Caro Barone... cuginette care... Che piacere per tutto il parentado! Anche la Marchesa, qui, diceva...

La Marchesa (*in gran toletta, incipriata sino agli occhi, dandosi delle grandi arie anche lei e parlando leziosamente*). Certo, certo! Non avremmo voluto mancare. Siamo parenti stretti.

Presentando un mazzo di fiori a Nina.

Cugina cara tante felicitazioni... tantissimi auguri...

Lisa (*ammirando i fiori*). Come son belli!

IL BARONE (*a Nina*). Vedi, la zia Marchesa ha voluto incomodarsi.

NINA. Grazie.

LA MARCHESA. Niente, niente, quattro fiori. Li ho fatti venire apposta da Palermo, perchè qui non se ne trovano.

IL MARCHESE. Che vuoi, mia cara, un piccolo paese...

D. BIANCA (*ironica*). Qui non c'è niente. Vengono tutte di fuori le cose belle!

IL BARONE (*presentandola*). Questa è nostra cugina. Donna Bianca Delisi.

D. BIANCA (*ruvidamente*). La conosco, la conosco!

LA MARCHESA. Ci vediamo poco perchè mancano le occasioni...

D. BIANCA. Eh, abbiamo tanto da fare, ciascuno a casa sua!

LA MARCHESA (*piano a suo marito*). È una vera contadina.

D. BIANCA. Eh? che dite?

IL MARCHESE (*a tagliar corto con un sorrisetto*). Mi dispiace di non vedere i Montalto, che sarebbero parenti stretti anche loro.

IL BARONE. Dispiace anche a me. Ma siamo in lite per quel pezzo di terra...

LA MARCHESA (*facendo una smorfia*). Brutte cose fra parenti!

D. BIANCA (*ironicamente alla Marchesa*). A me piace che vi scaldate per il parentado come se ci foste nata.

IL MARCHESE (*rivolto alla moglie, colla stessa aria conciliativa di prima*). Eh, amica mia...

IL BARONE (*sorridendo bonariamente anche lui*). Quando ce n'è poca, cara cugina, uno tira di qua e l'altro tira di là...

Altra scampanellata frettolosa.

Il Barone a Sidoro che è rimasto sull'uscio dell'anticamera:

E tu che fai, a bocca aperta? Non senti che suonano di nuovo?

SIDORO (*brontolando*). Sento, sento.

Esce.

DON ROCCO (*entra quasi subito, col fiato ai denti, vestito coi suoi migliori abiti di vent'anni fa, asciugandosi il faccione rosso col fazzoletto di colore*). Ho visto la carrozza, e sono corso...

Si cava i guanti, sbuffando, e li caccia dentro il cappello insieme al fazzoletto.

IL BARONE. Oh, cugino Rocco! E vostra moglie?

D. ROCCO. Malata, malatissima! Vi manda a dire di scusarla. Abbaja come un cane, poveretta, chiusa all'oscuro, figuratevi!

D. BIANCA (*sorridendo ironica*). Il solito mal di capo, si sa.

D. ROCCO (*scattando*). Vorrei vedervi voi! con tanti figliuoli sulle spalle! Non ha il tempo di stare a lisciarsi come voi.

IL MARCHESE (*conciliante*). Certo, certo. Quando c'è tanto da fare in una casa...

D. ROCCO. Ci vuol l'aiuto di Dio. Voi, cugino Don Mondo, siete stato fortunato. Lo dico con piacere perchè ci ho un po' di merito anch'io.

IL BARONE. Grazie... Non possiamo dubitare...

D. ROCCO. Non fo per vantarmi. Ma questo matrimonio è come un terno al lotto...

IL MARCHESE. Oh! Oh!

D. ROCCO. Eh, scusate, caro Marchese! Possiamo parlare, qui in famiglia, eh? Le tasse, il governo, le malannate... Siamo tutti d'un colore: io e mio cugino il Barone, qui, a grattare quel po' di zolfo che ci hanno lasciato nella miniera quelli là...

Accenna ai ritratti degli antenati.

IL BARONE. Mi hanno lasciato quel che hanno potuto.

D. ROCCO. Quello che non hanno potuto portar via, volete dire. Zitto; parlo così nell'interesse vostro, non per la misera parte che ci ho anch'io nella zolfara. Invece il padre di vostro genero ha portato a casa sua.

IL MARCHESE (*sorridendo con malizia*). E come! E come!

D. ROCCO. Che uomo quel Rametta! Un naso! Un colpo d'occhio!... Se Don Nunzio Rametta si mette in testa d'avere il cappello del Padre Eterno, ci arriva!

Volgendosi a Nina.

Tu sei proprio fortunata, cara Nina!

LA MARCHESA (*ridendo*). Eh, non sposa mica lui!

D. ROCCO. E il figlio meglio del padre. Vedrete! Quando m'accorsi di quel telegrafo colla finestra qui dirimpetto...

NINA (*vivamente, facendosi rossa*). Io?

D. ROCCO. No, tu no; ma non importa. Quando vidi che il figlio di Rametta pigliava fuoco per mia cugina, dissi subito al Barone: Don Mondo, volete far risorgere la vostra casata, eh?... Volete farla risorgere?

Calorosamente gesticolando, rivolto al Barone, come parlasse di cosa presente.

IL BARONE (*sorridendo bonariamente*). Voglio farla risorgere.

D. ROCCO (*rimane un istante a bocca aperta, guardando il Barone senza saper che dire e poi gli volta le spalle, alzando le braccia indispettito*). Allora... se non si può discorrere nemmeno.

Va a sedere in un canto imbronciato.

LA MARCHESA (*a Nina osservando l'anello che essa ha in dito*). Questo è regalo dello sposo?

LISA. Sì.

IL MARCHESE. Bello! Bello!

LA MARCHESA. Vero regalo d'innamorato. Si capisce!

D. ROCCO. E gli orecchini? Sembrano due stelle!

Ridendo.

Si vede anche allo scuro che mia cugina è fortunata.

IL MARCHESE. Oh, oh! Io direi invece che è una fortuna per tutti e due gli sposi!

D. ROCCO. Certo, sicuro, ma è sempre meglio prendere uno che vi voglia bene a quel modo.

LA MARCHESA (*leziosamente, minacciandolo col ventaglio*). Oibò! Che prosa!

D. BIANCA (*seccata*). Oh Dio! non capita a tutti saper fare un matrimonio romanzesco!

LA MARCHESA (*affettando di non darle retta, rivolta al Barone*). E i cugini Santoro non verranno? Credevo di trovar qui il bel cuginetto Lucio.

D. ROCCO (*vivamente, facendo segno di tacere anche con le mani*). Sss! Sss!...

D. BIANCA (*a D. Rocco*). Eh! Che diamine!

Momento di silenzio imbarazzato di tutti quanti.

NINA (*che si è fatta prima rossa e poi pallida in viso, ma calma e dignitosa*). Non c'è niente da nascondere, Don Rocco.

LISA (*rossa in viso anche lei*). Papà ha invitato tutti i parenti. Chi vuol venire la strada la sa.

D. ROCCO (*cercando di rompere il ghiaccio*). Dico che i cugini Santoro sdegneranno d'imparentarsi coi Rametta...

Ironico.

Loro discendono dalle anche d'Anchise!

IL MARCHESE (*per rimediare anche lui*). Saranno andati in campagna... mi par d'aver sentito a dire...

IL BARONE. Buon viaggio!... colle anche d'Anchise! Le abbiamo tutti le anche d'Anchise!

LA MARCHESA (*piano nel crocchio delle donne*). Sono proprio mortificata! Non vorrei aver messo il dito...

sorridendo

su qualche piccola ferita...

D. ROCCO. Niente, niente, qui non c'è nè morti, nè feriti.

SCENA IV

Entrano Padre Carmelo, mezzo prete e mezzo contadino, colla barba rasa sino agli occhi, le mani nere, la risata grossolana. Il notaio Zummo, inguantato, cerimonioso, con un soprabitone sino ai piedi. Don Serafino giallo, allampanato, vestito miseramente.

P. CARMELO. *Deo gratias...* Ho trovato la porta aperta... Si vede ch'è festa in chiesa!

D. ROCCO. Festa in chiesa e festa in cucina. Siete venuto all'odore, Padre Carmelo?

P. CARMELO. E voi, no? E il notaio Zummo, qui?...

ZUMMO. Eh? Che cosa? Di che ridete, Don Corvo?

P. CARMELO. Niente, andate avanti.

ZUMMO. Riveriti. Padroni miei. Ci siamo? Siamo pronti?

IL BARONE. Un momento. Abbiate pazienza.

ZUMMO (*cavando l'orologio*). Non s'era detto per le nove in punto? Entrate, Don Serafino. Questo è il mio giovane di studio.

IL BARONE (*piano a Padre Carmelo, tirandolo in disparte*). Niente, eh?

P. CARMELO. Mi dispiace. Sarei venuto a portarvi i denari. Ma è un cane peggio degli altri. Dice che se non ve li presta Rametta, ora che vi è parente, significa che non vi è la cautela sufficiente... Provate a parlargli voi.

Indicando il notaio.

ZUMMO. Chi è che s'aspetta ora?

LA MARCHESA. Lo sposo, nientemeno!

D. ROCCO. Mandatelo a chiamare, sta qui di faccia.

IL BARONE. Mi dispiace, signori miei. Tarderà perchè suo padre è andato alla miniera a dare un'occhiata.

IL MARCHESE. È giusto, è giusto.

P. CARMELO (*ironico*). È giusto. Tanto tempo che Don Nunzio gli faceva l'occhietto alla zolfara! Sin da quando vi lavorava a cottimo...

IL BARONE. È andato a vedere per questa benedetta faccenda dell'acqua. Abbiamo l'acqua nella zolfara.

ZUMMO. Non importa, aspettiamo. Siamo in bella compagnia.

LA MARCHESA. Grazie, grazie.

D. BIANCA (*piano alle ragazze*). Piglia tutto lei!

IL BARONE. Intanto beviamo un bicchierino di qualcosa. Lisa.

LISA (*chiamando*). Sidoro? Donna Barbara?

Esce a sinistra.

IL MARCHESE. Dicono che per toglier l'acqua ci sono delle macchine adesso.

IL BARONE. Sicuro, delle macchine che costano un occhio!

Lisa rientra precedendo Sidoro e Donna Barbara che recano i vassoi coi rinfreschi.

Qui, qui, metteteli qui. Non si finisce più di spendere. Caro notaio, un bicchierino di rosolio? Posso servirvi io?

ZUMMO. Tante grazie.

Bevendo.

Proprio eccellente! Lo speziale s'è fatto onore!

IL BARONE (*piano*). Padre Carmelo vi ha parlato?

ZUMMO. Figuratevi se mi ha parlato!... Alla salute della sposa!

LA MARCHESA (*a Lisa che le offre del rosolio*). Io no. Prego di scusarmi.

ZUMMO (*complimentoso*). La signora Marchesa sarà avvezza a chissà che roba!...

IL BARONE (*piano, tornando ad insistere*). Ci vogliono capitali...

ZUMMO (*forte, sviando il discorso*). Rametta li ha i capitali...

IL BARONE. Certo, certo, ma ha le mani in tante altre imprese!... Però in questa dello zolfo i capitali sono anche sicuri...

Più piano.

Se avete difficoltà per gl'interessi...

ZUMMO. No, no. Rametta non vi lascia nell'imbarazzo ora che sta per imparentare con voi.

Appoggiando le parole coi cenni del capo.

Non gli mancano i denari a Don Nunzio!

P. CARMELO (*al Barone ridendo*). Li ha cavati nella vostra stessa miniera colle sue mani!...

ZUMMO. Col suo lavoro. Il lavoro oggi è tutto. .

P. CARMELO. Appunto! Voi fate il presidente dei lavoratori!

ZUMMO (*irritato*). E voi che fate?

Padre Carmelo gli ride in faccia senza rispondere.

IL MARCHESE (*sorridendo al Barone*). Sentite? Questo è per voi che non fate nulla!

NINA (*con un sorriso pallido*). Povero papà!

IL BARONE (*sforzandosi di sorridere anch'esso*). Eh! eh! Appunto dicevo al notaio... Ciascuno sa i guai di casa sua. Ora credono che imparentando con Rametta...

ZUMMO (*mescendosi di nuovo del rosolio, e parlando col bicchiere in mano quasi facesse un brindisi*). Don Nunzio Rametta, signori miei, al giorno d'oggi può fare quello che vuole. Certamente egli deve tutto al proprio lavoro: è, come si dice oggi, figlio delle sue opere.

P. CARMELO. Sentite? Vi fa la sua predica anch'esso!

IL MARCHESE. Ai miei tempi bastava esser figlio di suo padre.

ZUMMO (*riscaldandosi*). Specie quando era Marchese, eh?

IL MARCHESE (*collo stesso ironico sorriso*). Io non ne ho colpa, caro Don Bastiano.

ZUMMO. E neppure gli altri ci hanno colpa quelli che nascono senza titoli e senza beni di fortuna. Perciò...

P. CARMELO (*ridendo*). Vogliono quelli degli altri...

Tutti ridono. Zummo rimane un momento sconcertato.

SIDORO (*dall'anticamera*). Viene, viene. Salgono le scale.

IL BARONE. Perchè non corri ad aprire, bestia?

SIDORO. Prima dicono portate l'imbasciata... Insomma non si sa come accontentarli!

Se ne va brontolando.

ZUMMO. Ebbene, perchè non entra?

D. BIANCA. Dobbiamo mandarlo a prendere col baldacchino?

IL MARCHESE. Avanti! Avanti!

IL CAVALIERE (*con un soprabitino che sembra preso ad imprestito, conducendo per mano due ragazzi mal vestiti e mal pettinati, si ferma all'uscio un po' imbarazzato, ma sorridente*). È permesso? Si può? Mira, o Norma, ai tuoi ginocchi...

IL MARCHESE (*ridendo*). Oh, cavaliere! Siete voi lo sposo?

IL CAVALIERE. Ah, no! Non ci casco più! Mi bastano questi cari pargoletti!

Mostrando i suoi ragazzi.

Mira, o Norma, ai tuoi ginocchi... Non ci fu verso di tenere a casa i due più grandicelli, appena sentirono l'odore del trattamento.

Ai ragazzi, sgranando gli occhi:

Sedete là, e non toccate niente, se non ve lo dicono!...

Al cugino:

Scusate, caro cugino!

IL BARONE. Anzi! Anzi! Doveva venire anche la cugina Donna Orsola!... Ci avrebbe fatto tanto piacere anche vostra moglie...

IL CAVALIERE. No! No! Bastano questi!

Accennando ai suoi figliuoletti.

Poi a Nina che prende per mano i ragazzi:

Non gli date confidenza o fanno sacco e fuoco!

Al Barone:

Mia moglie dovete scusarla...

D. BIANCA (*ridendo*). Avrà il mal di capo anch'essa!

D. ROCCO (*irritato*). Peccato! Avrebbe dovuto venire ad ammirare il vostro bell'abito a coda!

LISA (*ai ragazzi*). Venite con me, venite.

IL CAVALIERE. Chi s'aspetta? Non siamo pronti?

ZUMMO (*ridendo*). S'aspetta lo sposo, che aspetta suo padre.

IL CAVALIERE (*ridendo anche lui*). Papà deve condurlo per mano, come i miei cari pargoletti?

D. ROCCO. Che c'è da ridere? Perchè è un ragazzo sottomesso, ubbidiente?...

ZUMMO (*cavando l'orologio*). Sì, sì, ma son quasi le dieci.

IL BARONE (*imbarazzato*). Non so cosa dire... proprio... non so che dire... Di qui alla miniera non c'è poi tanto... Luciano ch'era qui poco fa deve aver visto Don Nunzio alla zolfara.

D. ROCCO. Mandate a chiamare Luciano.

Il BARONE (*gridando verso l'anticamera*). Sidoro? Che fai? Muoviti! Vedi se Luciano è ancora laggiù in piazza.

NINA (*imbarazzata*). Loro signori scuseranno...

D. BIANCA. Niente, niente...

LA MARCHESA. Stiamo benissimo.

IL MARCHESE. Stiamo benone. Non vi affannate, cugino.

Pausa.

LISA. È qui. È qui.

IL BARONE (*correndo all'uscio dell'anticamera*). Ah! Luciano!... Finalmente!...

SCENA V

LUCIANO. Sono qua, signor Barone.

IL BARONE (*agitato*). E Don Nunzio? Hai visto Don Nunzio Rametta alla zolfara?

LUCIANO. Sissignore. Figuratevi!

IL BARONE. Che fa? Perchè non viene?

LUCIANO. Che ne so io? Quello è un uomo che non lo dice il fatto suo. La gente sprecava il fiato a dirgli le sue ragioni... Già ve l'abbiamo cantato anche a vossignoria...

IL BARONE (*impaziente*). Cos'ha detto? Perchè non viene?

LUCIANO. Niente diceva. Badava all'acqua che ha inondata la galleria nuova.

IL BARONE (*turbato*). Ancora dell'acqua, santo Dio!

LUCIANO. Un fiume, signor Barone. Si porta via la gente come fili di paglia...

NINA (*sbigottita*). Almeno non ci furono altre disgrazie?

LUCIANO. No, Donna Nina. Io solo, per miracolo... Stavo per lasciarvi la pelle.

NINA (*giungendo le mani*). Sia lodato Dio!

IL BARONE (*pallido e smarrito fregandosi le mani*). Davvero sia lodato!

IL MARCHESE. Non vi perdete d'animo cugino, che alle volte, il diavolo non è cosi brutto... L'acqua si può togliere. Ci sono delle macchine apposta.

P. CARMELO. Allora cosa vi serve Don Nunzio coi suoi denari?

Si ode una scampanellata.

IL BARONE (*premuroso, correndo verso l'uscio*). È qui, è qui! Fatelo entrare.

Si trova sull'uscio faccia a faccia con Donna Barbara.

D. BARBARA. Quello dei gelati. Dice se è ora pel trattamento?

IL CAVALIERE (*correndo ai suoi ragazzi per chetarli*). Un momento! Aspettate un momento!

IL BARONE (*confuso, rivolto a Luciano*). Tu cosa dicevi? Non è tornato a casa sua Don Nunzio?

LUCIANO. Sissignore. È rimontato a cavallo e se n'è andato senza fiatare.

SIDORO. Vado a chiamarlo?

Tutti tacciono e si guardano l'un l'altro imbarazzati.

NINA (*pallidissima*). No!... no!...

LISA (*fermandolo*). Non c'è bisogno, se vuol venire...

IL MARCHESE. Verrà, verrà. Siamo galantuomini, che diavolo!

LA MARCHESA (*sorridendo leziosamente*). Stavolta sarà il figlio che condurrà per mano papà.

D. BIANCA (*a Barbara che è rimasta sull'uscio ad aspettare*). Più tardi, più tardi. Non vedete cosa c'è adesso?

ZUMMO. Intanto che si fa?

IL BARONE (*agitato*). Non capisco... Vorrei andare a vedere.

Fa per andare.

NINA (*fermandolo*). No, papà! Voi, no!

D. ROCCO (*premuroso*). È vero, non conviene. Piuttosto vado io...

LISA. Che bisogno c'è? Non lo sa che stiamo aspettando?

ZUMMO (*cavando l'orologio*). Sono le dieci e mezza passate.

IL BARONE (*mortificato*). Signori miei... vi domando scusa.

IL MARCHESE. Niente, niente. Però non è questa la maniera di trattare, Don Nunzio!

D. ROCCO. Mettiamoci ne' suoi panni.

IL MARCHESE. Non è questa la maniera. Almeno si manda a dire.

D. ROCCO. Cosa mandava a dire? La bella notizia che mandava a dire!

P. CARMELO. È una porcheria. Diciamo la cosa com'è.

D. BARBARA (*accorrendo premurosa*). Don Nunzio! Don Nunzio Rametta!

IL BARONE (*andandogli incontro*). Benvenuto!... Caro Don Nunzio.

SCENA VI

RAMETTA (*entra col viso lungo un palmo, ancora vestito com'è andato alla miniera, cogli scarponi grossi e la cacciatora*). Carissimo Barone... signori miei... Lasciatemi sedere. Ho le gambe rotte.

IL BARONE. Sedetevi, accomodatevi... Sidoro, un bicchierino di rosolio, qui, a Don Nunzio...

RAMETTA. No, no; ci vuol altro!

D. BIANCA. Spiegatevi, Don Nunzio. Finite di tenerci sulla corda!

RAMETTA (*guardando la gente in viso, or questo or quello, e fingendo di scaldarsi man mano*). Sembrano sciocchezze, eh? Sembrano chiacchiere di donnicciuole?... Quando si dice la jettatura!...

IL BARONE (*in grande agitazione*). Spiegatevi. Parlate chiaro.

RAMETTA. Cosa volete che vi dica? Se mi fate cavar sangue, non vi esce una goccia!

IL CAVALIERE. Guardate cosa capita!

IL MARCHESE. Caro Don Nunzio, non è questa la maniera di tirar il fiato alla gente.

RAMETTA. È colpa mia, eh? Adesso è colpa mia se casca la casa?

ZUMMO. Don Serafino, avete capito? Noi possiamo levar l'incomodo.

RAMETTA. Mi dispiace per voi, caro notaio.

P. CARMELO. Ma infine si può sapere?

RAMETTA. Cosa volete sapere voi che non c'entrate?

LA MARCHESA (*a Rametta*). Guardi in che stato è quella povera ragazza.

Accennando a Nina.

NINA. No! no!

RAMETTA. E mio figlio?

Picchiandosi il petto.

Son padre anch'io! Lo sa Dio cosa c'è qui dentro!

A Sidoro:

Ma che rosolio, un bicchier d'acqua.

IL BARONE (*disfatto*). Sidoro, un bicchier d'acqua... Io no, non posso.

RAMETTA. Avete ragione. A voi è capitata questa.

IL BARONE. Scusate... Scusatemi tutti, signori miei...

Cade a sedere affranto.

IL MARCHESE. Permettete, caro Don Nunzio; ma l'affare dell'acqua poi si sapeva.

RAMETTA. Si sapeva e non si sapeva. Andate a vedere adesso!

LUCIANO. Un mare. Ci si affoga!

RAMETTA. Parla tu, Luciano, che c'eri.

IL BARONE (*sconvolto*). Vado subito... appena giorno...

RAMETTA. Fate bene. È affar vostro.

LUCIANO. Dev'essere stata un'altra frana. Ieri ancora ci si poteva arrischiare nella miniera... Un uomo risoluto... Ma oggi, appena entrai nella galleria nuova...

Sorridendo ma senza spavalderia.

Sapete che non ho paura di niente...

RAMETTA. È vivo per miracolo.

LISA. Luciano, un bicchierino di rosolio?

Mescendoglielo.

LUCIANO. Grazie, Donna Lisetta. A quello non si dice di no.

Beve.

NINA (*sbigottita*). Non andate, papà! Non andate!

IL BARONE. Ormai... Sarebbe meglio che non tornassi più dalla zolfara!

D. BIANCA (*sgridandolo*). Ma che dite? Un padre di famiglia!...

LUCIANO. Non andate, signor Barone. Conosco la miniera. Mio padre vi lasciò la pelle.

RAMETTA. La conosce da ragazzo. Ora vi guadagna quasi tre lire al giorno.

LUCIANO. Un altro po', oggi facevo una bella giornata!

RAMETTA. E non sono mai contenti, vedete?

LUCIANO. Vossignoria siete contento perchè ci avete guadagnato altro che tre lire al giorno!

RAMETTA (*riscaldandosi*). Vi fanno i conti in tasca! Un altro po' vogliono fare a metà col padrone, vedete!

IL MARCHESE (*ironico*). Eh, caro Don Nunzio, allorchè eravate col piccone in mano anche voi...

P. CARMELO (*sogghignando in faccia a Rametta*). Ora è un altro paio di maniche. Quando il villano è sul fico non conosce nè parente nè amico!

D. BIANCA (*a Luciano*). Basta. Ve ne potete andare.

Luciano esce.

ZUMMO. Allora, dico io, possiamo levar l'incomodo?

IL MARCHESE. Ma come? Per un po' d'acqua?...

RAMETTA. Eh, se avete dei denari da buttarci in quel pozzo...

D. ROCCO. A voi non mancano i mezzi.

RAMETTA. Sicuro, se la zolfara fosse mia!

IL BARONE. È come se fosse vostra.

RAMETTA (*tornando a sedere, con un sorrisetto bonario*). Quand'è così...

A Zummo:

Non vi movete. Abbiamo qui il notaio. In due parole ci aggiustiamo.

IL BARONE. Come, ci aggiustiamo?

RAMETTA. Fate donazione della miniera a vostra figlia, e al resto penso io.

D. BIANCA. Sentite questa, ora!

D. ROCCO (*ridendo*). Cioè, cioè... Salvo il diritto dei terzi! Non vorrete togliermi anche la piccola rata che ci ho pure nella zolfara, per ringraziarmi della senseria!

IL BARONE. E all'altra figlia poi cosa rimane?

RAMETTA. A me lo domandate?

D. BIANCA (*a Rametta in tono di rimprovero*). Insomma, vi siete messo in testa di spogliarli del tutto?

RAMETTA. Ah! se sono venuto qui per farmi insultare...

LISA (*indignata*). Ma dategli tutto quello che vuole e finiamola!

NINA (*colla voce rotta dall'emozione, fermando Rametta col gesto della mano tremante*). Aspettate... prima d'andarvene... Giacchè questo matrimonio non si può fare... Giacché non c'è la volontà di Dio...

Fissando il padre colle lagrime agli occhi quasi a domandargli

perdono, quasi soffocata.

Papà... Avrei fatto il mio dovere... da buona figlia... da cristiana... Giacché il Signore non ha voluto...

IL BARONE (*commosso anche lui, abbracciandola*). Figlia mia!...

NINA (*togliendosi l'anello e gli orecchini*). Questi sono i regalucci che avevo avuto da vostro figlio...

D. ROCCO (*interrompendola*) No, noi... Che fate?... Non precipitiamo!...

NINA. Dovrei restituirli a lui...

Facendosi rossa e chinando il viso umiliata.

Ma giacchè non è venuto... Giacchè non ha creduto di dover venire...

D. ROCCO (*insistendo c. s.*). Non precipitiamo. Quello è un ragazzo.

P. CARMELO (*ridendogli in faccia*). Lasciatelo crescere. Sapete come disse quel sagrestano che gli era caduto un gran cristo di marmo sulla testa, e aveva paura anche del piccolo crocefisso che voleva fargli baciare il confessore in punto di morte?... Lasciatelo crescere che fa peggio dell'altro.

Se ne va sbattendo l'uscio.

NINA (*porgendo anelli ed orecchini a Rametta*). Glieli darete voi. Ditegli che se abbiamo avuto il danno nella zolfara, non è giusto che ci perda qualcosa anche lui.

LISA (*fremente*). Sì, sì, Nina!

RAMETTA. Piccolezze... non importa. Capisco che non volete restare in obbligo...

Li intasca.

Mi dispiace.

ZUMMO. Ho capito. Possiamo levare l'incomodo.

RAMETTA (*scattando contro il notaio*). Mi dispiace, caro notaio. Quante volte volete sentirlo?

ZUMMO (*alzando la voce anche lui*). Io voglio sentire chi paga la carta bollata, almeno!

RAMETTA. Chi ve l'ha ordinata la carta bollata?

IL MARCHESE (*ridendo, ironico*). È giusto. È giusto anche questo.

IL BARONE. È giusto. Sono stato io; pagherò... sono galantuomo.

ZUMMO. Siamo tutti galantuomini, quando possiamo. Sentite, Don Serafino, cosa vi dice il signor Barone? Tornate domani.

A Sidoro che gli offre del rosolio.

No, grazie, non ho più sete.

Esce con Don Serafino.

RAMETTA. Chi volete che abbia sete? Abbiamo tutti la bocca amara.

IL CAVALIERE. È vero! È vero!... Permettete.

Empiendo le tasche di dolci ai figliuoletti.

Loro ragazzi non capiscono niente. Buona notte. Mi dispiace proprio!...

Ai ragazzi:

Ringraziate, maleducati. Dite buona sera a tutti.

Escono.

RAMETTA (*ossequioso, accomiatandosi*). Signor Barone!... Padroni miei!...

A Nina:

I regalucci che ebbe mio figlio vi saranno restituiti puntualmente.

NINA (*rigida come una morta, colle lagrime impietrate nell'orbita*). No... non ha nulla da restituirmi vostro figlio... Non mi può restituire ciò che ho perduto per lui, ciò che gli ho sacrificato!... Più della zolfara, più della ricchezza, più del pane che mi assicurava... Assai, assai, assai più!

Colla voce rotta dai singhiozzi e celandosi il viso tra le mani.

Lo dico qui dinnanzi a tutti... senza arrossire... Lo sanno tutti che ho dovuto strapparmi di qua!...

Colle mani contratte sul petto.

Che ho dovuto prendere il mio cuore a forza... con queste mani... e gliel'offrivo a vostro figlio... lealmente, onestamente... pregando Dio di farmi dimenticare... di farmi perdonare da un altro!...

Si butta piangendo nelle braccia del padre.

Perdonatemi! perdonatemi anche voi!...

IL BARONE (*commosso, stringendola tra le braccia*). Tu piuttosto!... Tu!...

LISA (*col fazzoletto agli occhi a Nina*). Taci! Taci!

D. BIANCA. Lasciala dire che se lo merita!

RAMETTA. Meno male che avete parlato a tempo!

IL MARCHESE (*prendendo Rametta per le spalle e spingendolo fuori*). Andatevene ora, galantuomo! Andatevene!

D. ROCCO. Se siete tutti pazzi in questa casa!... Io me ne lavo le mani e me ne vo.

Esce dietro Rametta.

D. BIANCA (*sputando dietro a tutti e due*). Ppù! Pppù!

LA MARCHESA. Io sono strabiliata! Che gente! Che gentaglia, padre e figlio!... Diceva bene il canonico!

Accomiatandosi da Nina.

Cara cugina, mi congratulo che l'avete scappata bella!

IL MARCHESE. Certo, certo, l'abbiamo scappata bella!

Esce colla moglie.

NINA (*piangendo fra le braccia del padre*). Papà mio! Povero papà mio!

SIDORO. Posso spegnere, signor Barone?

IL BARONE (*intontito*). Che vuoi?... Spegni... Fa quello che vuoi...

TELA

ATTO II

Alla casina della zolfara. Stanza comune d'ingresso. A sinistra una finestra; indi, in linea diagonale, un finestrone che dà sulla scala per cui si scende nel cortile. Uscio in fondo. Altri due usci a destra, e fra di essi uno scaffale coi libri e i registri della miniera, più avanti una scrivania. Dalla finestra e dall'uscio a vetri si vedono il muro di cinta del cortile, e la sommità del portone coronato di merli; poi la terra brulla e arsiccia della zolfara, e in fondo le alture rocciose su cui serpeggia il sentiero che va al paese. Vocio di donne e di ragazzi che ballano e fanno il chiasso nel cortile, misto al suono di tamburelli e di un organetto.

SCENA I

LISA (*ridendo, sale di corsa dal cortile, con un mazzo di fiori selvatici in mano, inseguita da Luciano, eccitato ed acceso in volto anche lui*).

LUCIANO (*fermandosi sul terrazzino colle braccia tese e gli occhi bramosi, ma senza osare d'entrare*). Ah, no! Lì, no!

LISA (*trionfante, voltandosi verso di lui, mentre si riannoda le trecce scomposte*). Vedi?

LUCIANO. Lì, no! Lì, no!

LISA (*con uno scoppio di risa, sbattendogli in viso il mazzo di fiori*). Allora, prendi!

LUCIANO (*passandosi sulla faccia la manica della giacca*). E va bene! Avete ragione voi adesso!

LISA (*provocante*). S'intende! Sono la tua padrona, sì o no?

LUCIANO (*col gomito allo stipite del finestrone e la testa sulla mano, gli occhi sfavillanti*). Siete la mia padrona... La mia padroncina cara...

Si china a raccattare un fiore da terra, lo bacia e se lo passa all'occhiello.

LISA (*ridendo*). Come sei bello con quel fiore! Sembri un cavaliere.

LUCIANO (*imbronciato, buttando via il fiore*). Io non sono un cavaliere, lo sapete bene!

LISA (*voltandogli le spalle*). Quanto sei sciocco!

LUCIANO. No, sono pazzo, volete dire!

LISA (*torna a voltarsi verso di lui e si guardano negli occhi, smarrendosi un istante. Poi essa storna il capo facendo per stornare il discorso, turbata sotto la gaiezza che affetta*). Almeno state allegri laggiù! Qui par di morire!... Chi è che canta adesso?

LUCIANO. Nardone. Quello non farebbe altro che cantare... "Amore, amore, che m'hai fatto fare?..."

Si fissano come prima, egli appoggiato allo stipite, ella

seduta alla scrivania e col mento sulla mano.

Non farebbe altro che cantare Nardone... Ha il cuore contento, lui.

LISA. E tu, no?

LUCIANO. Anch'io!... Tanto!... Alle volte sì, e alle volte no... Non mi par neanche vero, alle volte!... Sorte infame! che ci abbiano a essere ricchi e poveri a questo mondo!...

Interrompendosi le fa segno che vien gente dall'altra

stanza. Poi continua a voce più alta, cambiando tono.

Sicuro! C'è un gran malumore nella zolfara...

Lisa si alza, voltandosi per vedere chi è.

Vogliono cresciuto il salario.

SCENA II

NINA (*dal primo uscio a destra, si ferma un momento sulla soglia, guardando Lisa e Luciano con un rapido aggrottar di ciglia e turbandosi in viso. Luciano, imbarazzato, entra nella stanza come se giungesse allora, dandosi un gran da fare per frugarsi addosso, cavandosi il cappello a cencio passandolo da una mano all'altra, riponendolo in capo. Infine cava di tasca dei fogli e degli scartafacci*).

LUCIANO. Ah, ecco! eccoli qua! Ero venuto a fare i conti della settimana, se volete, vossignoria...

NINA (*senza rispondere lo guarda fiso, alzando gli occhi al cappello che egli ha in testa. Luciano, sempre più imbarazzato si cava il cappello*).

LUCIANO. Però, se non foste comoda, vossignoria...

NINA (*sempre tacendo, va alla scrivania apre il cassetto con la chiave che ha in tasca, ne cava un registro, e siede. Lisa rimane appoggiata allo stipite del finestrone. Luciano continua a scartabellare i suoi fogliacci*). Questo è lo zolfo spedito alla stazione... Non serve per ora... Paghe della settimana. Ecco!

Ripone uno scartafaccio nella tasca interna della giacca, e posa

l'altro rispettosamente sulla scrivania, facendo subito un passo indietro.

NINA (*seccamente, accennando col capo verso il cortile*). Cos'hanno laggiù? Non si fa niente qui con quel chiasso!

LUCIANO (*correndo alla finestra*). Sss! A voi dico, laggiù! Ecco qua, quelli che mancano nel libro di vossignoria: Cannata, sei; Bongiardo, pure sei; Nardone, cinque; Bellomo, quattro e mezzo, stavolta...

NINA (*senza guardarlo*). Perchè?...

LUCIANO. È malato. La terzana se lo mangia vivo, Bellomo.

Seguendo sempre col dito i nomi segnati sullo scartafaccio.

Viscardo sette anche lui... Ora poi si guastò la macchina e non si va più avanti.

NINA. Come si fa per riempire il vagone?

LUCIANO. Si potrebbe tentare nella galleria vecchia; ma è troppo pericolosa... Nessuno ci si arrischia.

NINA (*alzando il capo e guardandolo fisso negli occhi*). Bisognava pensarci prima, invece di stare a perdere il tempo.

LUCIANO (*punto*). Io non sto a perdere il tempo, Donna Nina!

NINA (*china sul registro accennando colla penna al chiasso che si fa in cortile*). Tutti quanti siete!

LUCIANO. Io, se comandate, ci vo anche subito nella galleria vecchia... con qualchedun altro di buona volontà... quelli che pensano più al pane che alla pelle...

NINA (*senza rispondergli, seguitando a rivedere i conti*). Sono quattrocento... quattrocentosettantacinque lire, compreso il resto della settimana scorsa.

LUCIANO (*consultando il suo scartafaccio*). Col resto dell'altra settimana giusti come l'oro, vossignoria.

Ripone in tasca il conto, e rimane in piedi, aspettando.

NINA (*chiude a chiave il cassetto, e si alza. Vedendo che l'altro non si muove, balbetta poi arrossendo*). Adesso non c'è danari... Aspettiamo papà, stasera.

LUCIANO. Almeno per Bellomo che gli servono quei pochi soldi. Dice che deve andare a curarsi.

NINA (*cercando nel cassetto*). Farò quel che potrò... Così lo facessero gli altri il dover loro...

LUCIANO. Il mio dovere io lo fo, Donna Nina!

LISA (*che è uscita sul terrazzino un po' imbarazzata*). Oh, la zia Bianca! È arrivata la zia Bianca!

NINA (*sorpresa*). La zia Bianca? Qui? Così all'improvviso?...

LISA. Smonta adesso dall'asinello. Zia? Zia?

NINA (*dando dei denari a Luciano*). Ecco questi intanto. Pel resto puoi aspettare a stasera?

LUCIANO (*facendo ballare i denari nella mano e contandoli*). Oh, per me, aspetto anche sino a domani. Per me, non fiaterei. Non verrei qui a seccarvi... a farmi dire che sto a perdere il tempo...

NINA (*seccamente, voltandogli le spalle*). Però non si potrà spedire lo zolfo, lunedì!

Va sul terrazzino incontro alla zia.

LUCIANO (*seguendola*). Per me, se comandate, ci vo io stesso nella galleria vecchia.

LISA (*vivamente, a mezza voce, fermandolo*). Non c'è bisogno d'andarci tu.

LUCIANO. Per forza! Chi volete che vada, se non vo io?

LISA. Tu no!... Non voglio!

LUCIANO. Ah, sì, gli altri! Un branco di poltroni! Avete visto quando stava per scoppiare la macchina? Tutti che gridavano, ma se tardavo ancora un po'...

Lisa gli sorride, innamorata, accennando col capo.

Chi lo sentiva poi Don Nunzio, se gli facevano scoppiare la macchina?

LISA (*alzando le spalle*). Ah, Don Nunzio!...

LUCIANO. Quello è un boia, lo so. Ma è lui che paga adesso. Come si farebbe senza Don Nunzio?

SCENA III

D. BIANCA (*rossa in viso, collo scialle di traverso, continuando a parlare con Nina*). Sì, sì, ti dirò poi...

Abbracciando Lisa distrattamente.

Cara Lisa...

Volgendosi burbera a Luciano.

Troppi pensieri vi prendete voi, capomastro!

Tornando a fissare Lisa in faccia.

Come stai?... Hai una certa faccia!...

Volgendosi poi di nuovo a Luciano collo stesso tono di prima.

Se siete capomastro dovete fare il capomastro e badare alla zolfara, invece di star qui a chiacchierare...

LUCIANO (*piccato*). Ah, per giunta!...

D. BIANCA. Per giunta v'immischiate in ciò che non vi riguarda. Paghi Tizio e paghi Sempronio, purchè siete pagato, voi!...

LUCIANO. Che bella paga!...

NINA. Bella o brutta non si sa donde prenderla. Lo sai, questo?

D. BIANCA. Bella o brutta, se non vi piace ve ne andate.

LUCIANO (*riscaldandosi*). Sissignora! Tutti quanti ce ne andiamo! Vi piantiamo la baracca tutti quanti! Sono tutti malcontenti.

NINA. E c'è chi soffia nel fuoco!

LUCIANO. Ciascuno soffia sotto la sua pentola, signora mia! Voi qui mangiate pasta e carne, mentre i poveri diavoli che lavorano per voi devono contentarsi di pane e cipolla!

D. BIANCA (*cacciandosi le mani sul fianchi*). Ma voi che siete insomma? Capomastro? Capopopolo? Che diavolo fate qui?

LUCIANO. O capomastro, o capopopolo, sono figlio di un galantuomo che ci ha lasciato le ossa in questa casa!

LISA (*stringendosi le tempia fra le mani*). Basta, basta per carità! Ne abbiamo tanti dei guai!

LUCIANO. No, Donna Lisa! So bene perchè parlo. So bene perchè son trattato così! Il sangue ce l'ho anch'io in faccia. Se voi siete figlia di barone, io son figlio di un galantuomo e quei soldi che ci ho in tasca li ho guadagnati onestamente, col mio lavoro, non è sangue di poveretti, come le migliaia e le centinaia che portava in dote il figlio di Rametta.

D. BIANCA (*saltando su infuriata*). Basta, basta! Abbiamo sentito.

LUCIANO. Queste sono le cose che fanno ribellar la gente! Allora, quando la gente dà addosso ai cappelli per chiedere la sua parte al sole!...

LISA. Basta, Luciano!

LUCIANO (*ancora concitato, ma cambiando tono a un tratto, anzi con un'occhiata tenera, quasi a provocare gli altri*). Ah, con voi è un altro conto!... Voi potete far di me tutto quello che volete! Basta, me ne vado.

Esce.

D. Bianca. Troppa confidenza gli date a costui!...

Nina. È cresciuto in casa. Ora poi Rametta lo tiene alla miniera per badare ai suoi interessi...

D. Bianca. Alla miniera, sia. Ma qui non ci ha che fare. Siete due ragazze sole... Mi spiego?

Nina. Che possiamo farci? Povero papà, deve arrabbattarsi di qua e di là... Ora è andato a parlare con Rametta che ci ha prestato del denaro e non vuol più attendere...

D. Bianca. Lo so, lo so.

Nina. Povero papà! Ne ha tanti dei guai! bisogna aiutarlo come possiamo.

D. Bianca (*commossa abbracciandola*). Tu sì!... Tu sì!...

Ravvedendosi e abbracciando anche Lisa.

E tu pure... Non gliene darai altri dispiaceri al pover uomo. Tua madre era una santa donna. Siete figlie di chi siete...

Lisa (*sciogliendosi dalle braccia di lei con un sorriso amaro*). Ah! sì, le anche d'Anchise!

D. Bianca. Pigliatela con Domeniddio che ti ci ha fatto nascere!

Lisa fa un'alzata di spalle e va a sedere accigliata col gomito

alla scrivania e il capo sulla mano.

Nina. Zia!

D. Bianca. Non le posso sentire certe cose!

Lisa (*con amarezza*). Al punto in cui siamo ridotte ci fanno assai le anche d'Anchise!

D. Bianca. Fa! fa! che avete tutti gli occhi addosso!

Lisa. Ah, ormai chi volete che si occupi di noi?

D. Bianca. Chi?... Tutto il paese! Ci son le male lingue dappertutto!

Nina (*sorpresa*). Che intendete dire, zia?

D. Bianca. Parlo per quel povero galantuomo di vostro padre, che dispiaceri non gliene mancano.

Rivolta a Lisa, con calore.

Sai cos'è venuto a fare quel ladro di Rametta? Vuol prendergli la zolfara!... Per un pezzo di pane! Gli ha dato corda lunga per mangiarselo vivo, vivo.

NINA (*giungendo le mani addolorata*). Ah, Signore!

D. BIANCA. Quello neanche al diavolo crede! Se ha prestato del danaro a tuo padre fu per mettergli il laccio al collo. Ora l'ha citato e vuol porre anche il sequestro. Vostro padre non v'ha detto niente, che da un pezzo va da Erode a Pilato e combatte col giudice e colla carta bollata?

NINA (*assai turbata*). No, poveretto, li tiene tutti per sè i crucci.

D. BIANCA. Non avrà avuto il coraggio di dirvelo. Ma è storia che dura da un pezzo. È ridotto colle spalle al muro. Rametta s'era messo in testa d'avere la zolfara per un pezzo di pane, e c'è arrivato!

LISA. Bisognava aspettarsela, tosto, o tardi.

D. BIANCA (*scattando*). Bene, eccoti servita! Quando non vi resterà più nulla poi, andrai a far la serva.

LISA. Questo lo so già.

NINA. Taci, taci... Scusateci, zia Bianca. Non sappiamo neppur quel che diciamo, tanto l'angustia!... Non ci voltate le spalle anche voi, zia!

D. BIANCA. No, cara, no! Vedi che son corsa a rompicollo, appena seppi che venivano a mettere il sequestro. Siamo parenti? Siamo cristiani, Sì o no?

NINA. Povero papà!... quel che ci avrà in cuore adesso!...

D. BIANCA. Coraggio. Vedremo cosa si può fare. Vado un momento a lavarmi le mani...

Mostrandole.

Vedi che sole? Ho le ossa rotte dalla cavalcatura.

Esce dalla destra.

SCENA IV

NINA. Lisa! sorella mia!...

LISA. E la zia che mi faceva la predica!

NINA. Povero papà!... Poveretti noi!... Questo è l'ultimo colpo!... La rovina completa!

LISA (*amaramente*). Non lo vedevi tu dove s'andava a finire!

NINA. Che faremo? che sarà di noi, Vergine Santissima?...

LISA. Faremo le serve, hai sentito! Che vuoi fare?

NINA (*giungendo le mani*). No, Lisa! Non parlare a quel modo! Mi fai paura quando ti vedo così!

LISA (*nervosamente*). Tanto, a che giova? Al punto in cui siamo arrivati... Ecco come siamo ridotte!...

Mostrando il vestito misero e sorridendo amaramente.

Le figlie del Barone!... C'è rimasto il baronato!... come un sasso al collo, per buttarsi a fiume! Giusto appunto la zia Bianca mi faceva la predica!

NINA. No, Lisa, no!

LISA. E tu pure!... Ti facevano sposare il figlio di Rametta per salvare la casa. Allora la zia Bianca non li tirava in campo gli antenati!

NINA (*chinando il capo*). Non ho potuto... non vi ho giovato a nulla... Non valgo nulla.

LISA. Cosa volevi fare, povera Nina? Ti pare che non lo sappia il piangere che hai fatto di nascosto?

NINA (*mettendole una mano sulla bocca*). Taci! taci!

LISA. Ti pare che non lo sappia il bene che volevi a un altro?

NINA (*pallidissima, cogli occhi lucenti di lacrime, accennando del capo colla voce rotta*). T'ho dato il cattivo esempio... Perdonami!... Dimmi che mi perdoni... e che anche tu ... anche tu non...

Si confonde; non osa più dire; afferra le mani della

sorella ansiosamente guardandola fisa.

Non so come dire... non oso... Dammi le mani... qui, nelle mie! Ascoltami, sorella mia!... come fossi la mamma!... la nostra povera mamma che ne avrebbe tal dolore!... Ormai son vecchia, vedi?... Tanto tempo è passato!.. Tante cose! tante cose tristi in questi due anni... che non ci penso più a... a quel tempo... Vedi? non mi vergogno... Confidati anche tu a tua sorella... senza arrossire...

D. BARBARA. È arrivato il padrone con un mondo di gente. Come si fa a dar da mangiare a tutti quanti?

NINA (*per correre*). Ah, il papà...

Torna vivamente verso di Lisa e la bacia febbrilmente.

No, è vero, Lisa? No! Ha tante altre amarezze adesso il povero papà!

D. ROCCO (*scalmanato, salendo in furia dal cortile*). Senza tante chiacchiere! In due parole... Gli volete bene a vostro padre?... Gli volete bene sì o no?

LISA. Perchè? Che intendete dire?...

D. ROCCO. Prima rispondete. Volete salvare vostro padre?... Proprio dall'ultimo capitombolo?... Altrimenti non vi restano gli occhi per piangere, a lui e a voi!

Nina e Lisa lo guardano sbigottite.

Sì, sì, lo so che cuore avete! Poi c'è anche l'interesse vostro... Parlo nel vostro interesse... per la santa parentela che è fra noi. Vedete che son venuto dal paese fin qui a rotta di collo!

LISA. Ma che dobbiamo fare?

ROCCO. Niente. Lasciate fare a me. Aiutatemi a persuadere vostro padre. A Don Nunzio penso io...

Si ode della gente che alterca nel cortile fra cui la voce del

Barone e quella di Rametta.

Sentite? Sentite?

NINA (*vivamente, per accorrere*). Sì! Sì!...

D. ROCCO (*trattenendola*). Non è niente, vi dico! Leticano fra di loro. Ciascuno difende il suo interesse, si sa. Mettiamoci nei suoi panni! Glielo ha dato il suo denaro Don Nunzio? Vorrei vedervi voi!

LISA. Mai gliel'avesse dato! Fu quella la rovina.

D. ROCCO. Questo è quello che si dice poi, al momento di pagare. Prima, invece, sono suppliche e benedizioni. Non che Rametta sia un santo da metterlo sull'altare; ma infine il suo denaro l'ha speso qui, nella miniera! macchine, soccorsi, anticipazioni...

LISA. Così ci ha messo il laccio al collo.

D. ROCCO. To'! Perchè ve lo siete lasciato mettere?

NINA. Infine, che possiamo fare noi?

D. ROCCO, Aiutarmi a persuadere vostro padre ch'è una bestia.., per la testa dura che ha, intendo. Dice che non vuol spogliare le sue figliuole, che non può cedergli la miniera perchè c'è la dote di vostra madre. Un mondo di chiacchiere.

Affacciandosi alla scala e chiamando con gran gesti.

Qua, venite qua, potere discorrere anche qui, con maggior comodo.

SCENA V

Salgono la scala il Barone eccitato e sconvolto, col viso pallido e le mani tremanti di collera; Rametta come una vittima menata al macello, tentennando il capo, stringendo in pugno il fazzoletto madido, con cui si asciuga di tanto in tanto le labbra, il notaio Zummo sorridente, cerimonioso, col cappello in mano. L'usciere si ferma tranquillamente sulla soglia, col cappello in testa e le carte sotto il braccio, seguito da testimoni. Sidoro, curvo, porta delle seggiole. Ragazzi e minatori si affollano di fuori, curiosi. Don Rocco si affaccenda dall'uno all'altro parlando con gran calore e grandi gesti, ora all'orecchio del Barone, ora a quello di Rametta e del notaio che non gli dànno retta.

NINA (*correndo verso suo padre*). Coraggio, papà!... Non importa...

LISA. Non pensate a noi, papà!

ZUMMO. Sì... colle belle maniere s'accomoda ogni cosa...

Sorridendo garbatamente.

"Attacca la lite che l'accordo viene" dice il proverbio... Ehi?... Signor Barone, a voi vi dico!

Questi china il capo; fa un gesto vago, aprendo le braccia,

e siede accasciato presso la scrivania.

Sentite

a Rametta

anche voi, testone!

RAMETTA (*sedendo anche lui dall'altro lato della scrivania, curvo colle braccia penzoloni fra le gambe e il fazzoletto pendente dalle mani*). Son qui... come Gesù all'orto. Sono nelle vostre mani... fatene quel che volete...

Alzandosi a un tratto e volgendosi al Barone gesticolando con le mani giunte.

Avete visto se v'ho usato dei riguardi!... Se ho pazientato sin'ora!... Sapete il rispetto che ho per voi, per la famiglia!...

Volgendogli di nuovo le spalle e tornando a sedere colle

braccia in aria, in tono piagnucoloso.

Ma, Dio santo, quel che è giusto, è giusto!... V'ho dato il sangue mio!

D. ROCCO. Povero galantuomo!... Cosa volete che dica di più?

D. BIANCA (*venendo dalla destra*). Ah! Eccovi!

ZUMMO (*accennando al Barone*). Anche qui avete da fare con galantuomini, Don Nunzio. Ci accomoderemo senza bisogno dell'usciere.

Rivolto a quest'ultimo che stava preparando le sue carte.

Per ora non abbiamo bisogno di voi, Don Calogero. Andate, andate. Potete scendere in giardino intanto a cogliere quattro fiori.

L'USCIERE (*brontolando*). Ma che fiori! Non mi lasciate due ore al sole, almeno!...

Se ne va coi testimoni.

ZUMMO (*sedendo anche lui accanto al Barone*). Sediamoci per stare più comodi.

Al Barone:

Qui, qui, vicino a me. Dunque, dicevamo, il conto è presto fatto. Avere di Don Nunzio, fra capitali e interessi ...Don Nunzio, date qua il conto:

Voltandosi a quelli che stanno a guardare dall'uscio.

Che volete, voi? Che aspettate? C'è l'opera di Pulcinella? Andate via!

Sidoro respinge vivamente ragazzi e zolfatai che scappano

in branco, e va via con loro.

IL BARONE. Figliuole mie, cosa ci state a far voi? Andate di là. Andate voi altre...

NINA (*pallida e ferma*). No, papà, lasciateci stare.

D. BIANCA. Lasciatele stare. È giusto che sentano anche loro.

ZUMMO (*che ha aspettato discretamente, collo scartafaccio in mano, torna a mettersi gli occhiali, e legge fra i denti con un brontolio*). Dunque dicevamo, il vostro debito con Don Nunzio Rametta, capitale e interessi...

IL BARONE. Al dodici e mezzo per cento!...

ZUMMO (*vivacemente*). Questo non dovete dirlo ora! Ora dovete vedere se il conto torna, guardate...

Indicando col dito sul registro.

Qui, vicino a me, guardate.

Il Barone china il capo e si stringe nelle spalle rassegnato, accennando con un gesto a Rametta, come per rimettersi a lui. Don Nunzio risponde allo stesso modo, indicando il Barone col pugno chiuso in cui tiene il fazzoletto. Il notaio, alzando la voce in collera, torna a dirgli.

È vero sì o no? Guardate!

RAMETTA (*in tono bonario e rassegnato*). Fate voialtri. Come volete voi.

ZUMMO (*irritato*). Come vogliono i vostri stessi conti, don asino!

Rametta ripete lo stesso gesto vago chinando il capo.

Avanti. Reddito della miniera...

Consulta il registro.

RAMETTA (*voltandosi di botto, bruscamente*). Cosa state a cercare? Niente.

IL BARONE. Come, niente?

RAMETTA. Nientissimo! Io non ho preso un soldo. Non ho fatto altro che pagare. Ecco!

Cavando un altro scartafaccio di tasca.

Settemila lire!... Ottomila e cinquecento!... Ancora settemila! Novemila tonde! queste alla vigilia del santo Natale, giorno segnalato! È passato l'anno!

ZUMMO (*con fare persuasivo*). Scusate, questo lo so. Li avete tutti qui, in colonna, i vostri denari.

Mettendogli il registro sotto il naso.

RAMETTA. Se li ho in colonna vuol dire che non li ho in tasca.

D. ROCCO. Per questo siamo qui a discorrere. Mio cugino vi rimborserà sino all'ultimo centesimo.

Scattando a un tratto quasi a prendersela con qualcheduno.

Siamo galantuomini corpo di Bacco!

IL BARONE. Non li ho mangiati i vostri denari. S'è dovuto fare tutto di nuovo, macchine, gallerie, condotti d'acqua... lo sapete anche voi!

ZUMMO. Vediamo prima queste spese, dunque. Passiamo al passivo.

Ridendo.

Bella! Ho fatto un verso!

D. BIANCA. Vi basta l'animo di scherzare anche!

ZUMMO. No, parola! L'ho fatto naturale.

Tornando a leggere serio.

Spese generali... Spese d'amministrazione... Mantenimento...

RAMETTA (*scattando*). E devo mantenerli io, tutti quanti?

IL BARONE (*irritato*). Voi?...

D. BIANCA (*saltando su lei pure*). Cosa volete mantenere voi che avete fatto morire la moglie tisica!...

RAMETTA. Ah! Se sono venuto per sentirmi dire...

Si alza per andarsene sbuffando.

D. ROCCO (*afferrandolo pel petto della giacca e scuotendolo*). Siete come i ragazzi, parola d'onore!

ZUMMO (*chiudendo il libro*). Se la pigliamo così non la finiamo più! Insomma la miniera per ora non dà nulla.

Rivolgendosi a Rametta in tono decisivo.

Ebbene, che volete fare?

RAMETTA (*stringendosi nelle spalle e prendendo tabacco*). Io? Devono dirlo loro quel che vogliono fare.

Breve silenzio fra tutti quanti.

D. ROCCO (*quasi pigliando ad un tratto una risoluzione*). Voglio dire la mia, sia per non detta... Lasciatemi dire una bestialità anche a me.

ZUMMO. Dite, dite, siamo qui per questo.

D. ROCCO. La miniera non ha dato niente sinora perchè invece s'è dovuto spenderci.

ZUMMO. Questo è vero.

D. ROCCO. Ma col tempo... non dico quanto...

Eccitandosi e gesticolando calorosamente.

Un valore lo ha la zolfara, sì o no?

ZUMMO. Giusto...

RAMETTA (*sospettoso*). Basta, cosa volete conchiudere?

D. ROCCO. Mio cugino vi cede bonariamente la zolfara, a sconto del suo debito... per dieci anni, mettiamo...

IL BARONE. No, no!

D. ROCCO. Mettiamo quindici.

A Rametta:

Voi vi godete la miniera per quindici anni...

RAMETTA. Io ho dato del denaro contante, e in cambio mi si dà la miniera che non val niente!

IL BARONE. Non val niente la mia zolfara?

RAMETTA (*soffiando sulla mano*). Ecco!

IL BARONE. Questo lo dite per carpirmela.

RAMETTA (*offeso*). Dunque sono un ladro?

D. ROCCO. Zitto, parole di negozio. Mettiamo quindici anni.

Al Barone:

Voi gli cedete la miniera per quindici anni.

A Rametta:

E voi gli assicurate un tanto al mese, acciò amministri per conto vostro.

Scaldandosi ad un tratto e gridando con enfasi.

Ha da mangiare anche lui.

ZUMMO (*guardando or l'uno, or l'altro*). È un'idea. Questo si può fare.

IL BARONE. Un tanto al mese, come un servitore!

D. ROCCO (*scattando*). Ah! Se avete ancora la boria!

RAMETTA (*restio*). No, non mi lascio prendere in quest'imbroglio! Ho una sentenza di tribunale...

D. ROCCO. Benone. Quand'è così, fate conto che non vi abbia detto niente!

Volgendosi verso gli altri.

Andiamo via, lasciamoli fare.

RAMETTA. Ci vuol poco. Metto il sequestro.

D. ROCCO. Fate conto che non abbia parlato. Ho sudato una camicia a persuadere anche loro...

Rivolto alle ragazze.

Dite voi!

RAMETTA. Persuaderle a che cosa? Colla roba mia? Io ho dato il sangue mio! Anche voi che venite a chiedermi denari in prestito ogni momento, e poi mi tirate al cuore!

D. ROCCO (*indignato*). Io vi tiro al cuore? Io?...

Picchiandosi colle mani sul petto.

Io?...

Ad un tratto spinge Rametta in un canto parlandogli all'orecchio sottovoce, concitato, scuotendolo per fargli intendere la ragione.

Ma non capite che fo il vostro interesse, Don asino? Mio cugino non vuol cedere la miniera per non spogliar del tutto le figliuole. C'è su la dote della loro madre. Farete cent'anni di lite prima d'arrivare alla zolfara! Vi ridurrete poveri e pazzi tutti quanti siete.

RAMETTA (*colla schiuma alla bocca*). Col mio denaro? Dopo tutto quello che ho speso e anticipato?

D. ROCCO. La miniera vale di più. Lo sapete anche voi.

RAMETTA (*gridando*). Ma allora ditemi che volete anche la pelle! Par d'essere in un bosco, parola d'onore!

IL BARONE. In un bosco di ladri, ditelo!

ZUMMO (*che è stato ad attendere, calmo, guardando or questo e or quello, accenna colle mani a Rametta di tacere*). Sss! Sss!...

Calmando anche il Barone.

Parla delle liti che non vi lascerebbero la camicia addosso. "A fabbriche e liti non vi mettete."

Ridendo.

Io parlo contro il mio interesse.

IL BARONE. Si ribella la natura, caro notaio! Si ribella lo stesso sangue delle vene! Anche un agnello, se gli mettete il coltello alla gola...

ZUMMO. Siamo tutti galantuomini, capperi! Nessuno vuol mettervi il coltello alla gola.

IL BARONE. Spogliarmi della zolfara, dopo che mi hanno rovinato cogli interessi al dodici e mezzo!

D. ROCCO. Cioè, cioè...

RAMETTA. Io non ho visto un soldo.

D. ROCCO. Ora lo vedrete. Ora la miniera ricomincia a fruttare.

RAMETTA. Io non posso aspettare.

D. BIANCA. Lo dite adesso che lo tenete pel collo!

IL BARONE (*risoluto*). Fate quel che volete, io non firmo! Dovevano tagliarmi le mani quando firmai la prima cambiale. Mi son rovinato! Ma spogliare del tutto le mie figliuole, ora...

Si asciuga gli occhi col fazzoletto.

NINA (*abbracciandolo*). No, no, non dite così!

LISA (*in silenzio si asciuga gli occhi anche lei*).

IL BARONE. Non firmo, dovessero ammazzarmi!

D. ROCCO (*investendolo come prima ha fatto con Rametta e spingendolo all'altro lato per parlargli calorosamente all'orecchio*). Ma come farete senza denari? E la lite? e gli avvocati? E la carta bollata?... Non capite? Siete proprio una bestia, lasciatemi dire! È per la santa parentela che m'arrabbio! Vi ridurrete alla limosina! Ridurrete le vostre figliuole all'elimosina!

Alle ragazze, gesticolando con calore.

Ma aiutatemi voi altre! venite qua!

LISA. Cosa possiamo fare?

NINA. Il padrone è lui!

D. ROCCO (*al Barone*). Fatelo per queste povere creature innocenti. Avrete così un pane assicurato per voi e per loro.

IL BARONE (*scosso*). Rinunziare alla miniera adesso che comincia a fruttare di nuovo!...

D. ROCCO (*su di un altro tono, persuasivo*). Questo è un altro paio di maniche. Ora vedremo quello che frutta.

ZUMMO. Questo è giusto. Vedremo i conti.

RAMETTA. Che conti volete vedere ancora?

IL BARONE. Dacchè siamo venuti a capo dell'acqua, la sola galleria nuova ha dato...

RAMETTA (*interrompendolo*). Non è vero!

IL BARONE. Se non mi lasciate parlare! Per altro lo sapete anche voi. Siete venuto adesso a mettere il sequestro apposta!

ZUMMO (*sfogliando il registro*). Vedremo, vedremo.

RAMETTA. Cosa volete vedere?

IL BARONE. Lì non c'è il conto della galleria nuova... L'ho notato qui, nel mio taccuino...

Cavandolo di tasca.

RAMETTA. Potete scriverci quel che vi pare.

IL BARONE. Chiamiamo Luciano. A lui gli crederete.

RAMETTA. Io non credo niente.

D. ROCCO. A lui potete credergli, lo pagate apposta per guardarvi i vostri interessi.

RAMETTA. Appunto perché lo pago! Oggi per un bicchier di vino...

ZUMMO. Luciano è un galantuomo.

Affacciandosi all'uscio e chiamandolo.

Luciano? Luciano?

RAMETTA. È un galantuomo perchè è iscritto nella vostra lega dei lavoratori...

ZUMMO (*indignato*). A sentir voi, siamo tutti ladri.

RAMETTA. Io non so niente!

D. ROCCO. Se facciamo così, restiamo qua fino a domani.

SCENA VI

LUCIANO. M'hanno chiamato? Vengo perchè sono stato chiamato.

ZUMMO. Sentiamo. Voi che fate qui?

LUCIANO. Ancora? Dunque perchè mi chiamano?...

Per andarsene.

D. ROCCO. Dice che impiego avete? Chi è che vi paga al presente?

LUCIANO. Don Nunzio. Mi tiene qui per badare ai suoi interessi.

ZUMMO. Benissimo. Vuol dire che sapete quel che rende la zolfara.

LUCIANO (*esitante guardando ora Rametta e ora il Barone*). Quello che rende la zolfara...

D. ROCCO. Insomma, la zolfara rende adesso, sì o no?

LUCIANO (*imbarazzato*). Sicuro che deve rendere... Allora perchè si lavora?

RAMETTA. Bravo. Vediamo quello che costa!

D. ROCCO. C'è la galleria nuova. Vediamo cosa dà la galleria nuova?

RAMETTA. Una miseria!

IL BARONE. Una miseria?... Il conto è qui

mostrando il taccuino

giorno per giorno.

NINA (*a Luciano*). Devi avercelo anche tu, il conto.

D. ROCCO. Vediamolo questo conto.

RAMETTA. Ma che volete vedere?

ZUMMO (*a Luciano*). L'avete o non l'avete questo conto?

LUCIANO. Certo... dovrei avercelo...

Frugandosi addosso.

Non so dove l'abbia messo...

D. BIANCA. Cercate bene. Il conto dovete averlo. Siete pagato per questo.

53

LUCIANO (*scattando*). Ogni momento me la buttano in faccia quella misera paga!

RAMETTA. E non sono mai contenti, vedete? Tutto quello che si ricava è per loro. Vorrebbero anche la camicia vostra.

LUCIANO. Vogliamo il fatto nostro!

RAMETTA. Il fatto vostro è il fatto mio! Sono i miei denari!

ZUMMO. Questo non c'entra. Non sviate il discorso. Vediamo il conto.

LISA (*risoluta a Luciano*). Mostragli il conto! Vediamo chi è il ladro qui.

LUCIANO (*frugandosi in tasca*). Il conto devo averlo... Vi do il conto e me ne vo... Ecco! ecco!

RAMETTA (*sogghignando*). Ecco! lo sapevo!

ZUMMO (*a Luciano*). Date qua.

RAMETTA. Ma io non son tanto bestia!

D. ROCCO. Aspettate, prima, a parlare.

RAMETTA (*indicando il Barone*). Scommetto ch'è suo carattere!

IL BARONE. Che intendete dire, Don Nunzio?

RAMETTA. Dico quel che dico!

D. BIANCA. Badate a quello che dite!

D. ROCCO (*facendo dei gesti per chetarli*). Sss!... Sss!...

RAMETTA. Non mi fate parlare!

IL BARONE (*minaccioso*). Siamo tutti d'accordo per imbrogliarvi?

NINA. Papà! Papà!

RAMETTA. Sono venduto come Cristo all'Orto!... Non mi fate parlare!

D. ROCCO (*conciliativo*). Ma chi è che vuol vendervi? Chi?

LISA. Voi piuttosto che ci avete assassinati!

RAMETTA (*al Barone, indicando Luciano*). E questo mi fa il Giuda... perchè chiudete un occhio anche voi!...

LUCIANO. Io, ora? Io?

IL BARONE (*andando addosso a Rametta*). Che intendete dire, don coso?

RAMETTA (*mettendosi dietro la scrivania*). Lo sanno tutti quello che succede in casa vostra! E voi che siete il padre chiudete gli occhi!

D. ROCCO (*mettendogli la mano sulla bocca*). Zitto! Che dite?

IL BARONE (*rimane dapprima sbalordito. A un tratto afferra una seggiola e si precipita su Rametta gridando*). Ah! Le mie figlie, assassino... anche le mie figlie!...

NINA (*buttandosi su di lui*). Papà! Papà mio...

LISA (*pallidissima, ginocchioni*). No! No!

ZUMMO (*trattenendo il Barone*). Signor Barone!...

D. ROCCO (*imprecando colle mani in aria*). Santo e Santissimo! Questo si chiama darsi colla zappa nei piedi.

D. BIANCA (*investendo Rametta*). Briccone! Pezzo d'usuraio! Ladrone che siete!

RAMETTA. Signori miei, siatemi testimoni che voleva anche ammazzarmi!...

Scappa via per la scala.

N.B. - Tutta la fine di questa scena va fatta rapidamente.

SCENA VII

IL BARONE (*ancora fremente, lasciando ricadere la seggiola*). L'ammazzo! Com'è vero Iddio, l'ammazzo!

D. ROCCO (*irritatissimo*). Ora siamo da capo! Non s'accorda più questa canzone!

ZUMMO (*cercando di calmare il Barone*). Via, parole di collera... Alle volte nella collera si dice quel che non si dovrebbe dire.

D. ROCCO. Non avete un'oncia di giudizio, tutti quanti siete!

IL BARONE. Il sangue mio! Quel briccone mi assassina anche le mie creature!

LUCIANO. Abbaia contro tutti per farsi ragione.

D. BIANCA (*severamente a Luciano*). Andatevene, galantuomo, anche voi...

IL BARONE (*investendo Luciano*). Vattene, vattene!

LISA (*pallidissima*). Papà!

LUCIANO. Ve la pigliate con me, adesso?

ZUMMO (*conducendo via Luciano*). Andiamo, andiamo... *pro bono pacis.*

Escono.

D. ROCCO (*al Barone*). Ah, sentite! Io vi pianto e me ne vo. Non si fanno così gli affari. Sbrigatevela coll'usciere.

Finge d'andarsene anche lui; ma vedendo che nessuno lo trattiene,

si ferma sull'uscio, guardando irritato or questo or quello.

IL BARONE (*eccitatissimo rivolto alle figliuole*). Me la piglio con tutti quanti perchè gli avete dato troppa confidenza a colui!...

A Nina:

Dico a te che sei la maggiore. La gente parla perché ve lo vede sempre fra i piedi.

NINA (*china il capo e non risponde*).

LISA (*turbata, quasi per scusare la sorella*). No, papà...

D. BIANCA (*al Barone*). Ve la pigliate con chi non c'entra.

D. ROCCO (*tornando alla carica*). Chi gliel'ha messo tra i piedi? Voi!

IL BARONE (*furioso*). Andatevene al diavolo!

D. BIANCA (*a D. Rocco*). Non è questa la maniera. Tacete!

D. ROCCO. Non sono io che parlo. È il sangue! La parentela! Grida lo stesso sangue al vedere dove sono ridotte quelle povere ragazze.

IL BARONE. Per colpa mia, ditelo!

D. ROCCO. Io non so per colpa di chi. Dico che bisogna pensare al rimedio.

IL BARONE (*guardando or l'una or l'altra delle sue figlie e picchiandosi il petto coi pugni chiusi*).
Per colpa mia, che vi ho rovinate! figliuole mie!

NINA. No, papà, non dite così!

D. BIANCA. Che l'avete fatto apposta?

D. ROCCO. Non l'avete fatto apposta; ma questa è la conseguenza. Che diavolo! avete i peli
bianchi!... Dovete saperlo come va il mondo.

IL BARONE (*concitato e quasi fuor di sè*). Come va il mondo?... che mentre io correvo di qua e di là
per cercare di riparare... come un pitocco, come un disperato... Alle volte l'usciere andavo ad
aspettarlo lassù in cima al sentiero perchè loro non sapessero... Quando tornavo dal paese
che Don Nunzio mi aveva sbattuto l'uscio in faccia...

S'intenerisce e nasconde la faccia nel fazzoletto.

NINA (*abbracciandolo*). Papà mio!... Povero papà!...

D. ROCCO. Poverette, le vedete!... Anche loro qui sole, in campagna... come lupi, in mezzo ai
contadini... che volete?

IL BARONE. Come, cosa voglio?

D. ROCCO (*scattando*). Caspita! Doveva venire un re di corona a innamorare vostra figlia?

IL BARONE (*da prima rimane a bocca aperta, quasi non avesse capito; poi fa atto di slanciarsi su
Don Rocco coi pugni chiusi, ma si volge alle figliuole balbettando*). Che vuol dire?... Nina...
Parla tu, Lisa...

D. ROCCO. Cosa volete che dica?

IL BARONE (*al vedere che Lisa tace e china il capo, pallidissima*). Parla! Parla!...

A un tratto come essa si smarrisce sempre più, leva i pugni minaccioso.

Ah! ah!

NINA (*frapponendosi spaventata*). Papà! Papà!

IL BARONE. Era dunque vero? Era vero? Lo sapevano tutti?

LISA (*pallida come una morta, indietreggia dinanzi a lui tremando dalla testa ai piedi, senza dir
nulla*).

NINA (*convulsa, stendendo verso il padre le mani tremanti*). No, papà! No! no!

D. BIANCA. Don Mondo!...

IL BARONE. Il mio sangue! l'onor mio!

D. BIANCA. Ma che onore? Cosa andate dicendo?

D. ROCCO (*cercando di condurre via Lisa*). Togliamoci di qua per ora! Andiamo! Leviamo l'occasione!

LISA (*svincolandosi*). No!

Rimane di faccia al padre, pallidissima, rispettosa, ma ferma.

IL BARONE. La superbia l'hai con tuo padre!... L'hai nel sangue la superbia!... Ma per scendere sino a colui!...

D. ROCCO (*gridando*). Ma che scendere e salire!

IL BARONE. Mia figlia!... Una Navarra!...

D. ROCCO. L'altra volevate pur darla al figlio di Rametta, che non discende dal Re Pipino.

IL BARONE. Mia figlia sulla bocca di tutti!

D. BIANCA. Ma che siete pazzo?

IL BARONE. Giacchè lo vuole...

A Lisa:

È vero che lo vuoi?

LISA (*china il capo, assentendo*).

NINA (*come fuor di sè*). No, Lisa! No, papà! Perdonatele perchè non sa quel che dice!... Siamo tanto disgraziati!

Singhiozzando.

Tanto! tanto!...

IL BARONE (*senza darle retta, svincolandosi dalle sue mani sempre più irritato avanzandosi minaccioso verso di Lisa*). Hai detto di sì? Hai detto di sì?

LISA (*pallida come un cadavere, ma guardando la finestra e affermando col capo*). Sì, papà.

NINA (*buttandosi addosso a lei, chiudendole gli occhi: chiudendole la bocca colle mani convulse*). Sei pazza! Sei pazza!

IL BARONE. Sposalo! Sposalo! Io non ti do nulla. Non ho nulla da darti.

D. ROCCO. Questo già lo sa.

IL BARONE. E vattene! subito! Via di casa mia! Vattene a scavar zolfo insieme a tuo marito!

NINA (*c.s.*). No!... no!...

LISA (*svincolandosi da lei*). Lasciami andare!

IL BARONE (*furibondo*). Lasciala andare!... o... o...

D. BIANCA (*conducendo via Lisa*). Per carità!... Cosa facciamo!

D. ROCCO. Barca rotta è questa casa! A fondo deve andare!

IL BARONE (*fermandosi dinanzi a lui e a capo chino colla voce soffocata dall'onta e dall'emozione*). A Don Nunzio ditegli che gli domando scusa... Se vuol darmi ancora quell'impiego... Ditegli che sono nelle sue mani...

D. ROCCO (*levando le braccia al cielo*). Sia lodato Iddio! Questo si chiama parlare!

TELA

ATTO TERZO

Il cortile della casina, di notte. A destra la scala che mette alle stanze di sopra occupate ora da Rametta. Sotto l'arco della scala l'ingresso delle stanzette a terreno dove s'è ridotto il Barone. A sinistra la chiesetta sormontata dal piccolo campanile. In fondo l'abbeveratoio addossato al muro di cinta, e il portone merlato. Al di là dal muro le alture brulle della zolfara. Di tanto in tanto si odono latrare dei cani in lontananza per la campagna buia.

SCENA I

RAMETTA (*in maniche di camicia, col cappellaccio di paglia in capo, uscendo sul terrazzino e chiamando verso le stanze di sotto*). Ehi? Siete tutti morti laggiù? Don Mondo? Don Raimondo? Barone, voi?... Questa la sentite!

IL BARONE (*uscendo nel cortile dalle stanze a terreno*). Che c'è, Don Nunzio?

RAMETTA (*irritato*). Don Nunzio! Don Nunzio! Non sapete dir altro, voi!

IL BARONE (*mortificato*). Che c'è? Che comandate?

RAMETTA. Comando che è un'ora che chiamo lì fuori. Siete diventato sordo anche?

IL BARONE. Stavo mangiando un boccone, signor Don Nunzio.

RAMETTA. Benedetto voi! Ve la godete come un principe a tavola? Intanto coi tempi che corrono, nella zolfara non c'è neppure un cane di guardia!

BARONE. Se non c'è più nessuno nella zolfara!...

RAMETTA. Lo so, lo so. Di ciò a voi non importa, perchè il salario corre sempre per voi!... Chiamano di lassù, dalla rocca.

SIDORO (*che è uscito anch'esso nel cortile dietro il Barone*). A quest'ora?

IL BARONE. Che vogliono a quest'ora?

RAMETTA. Andate a vedere, che vogliono!

Gli sbatte l'uscio in faccia e rientra in casa.

SIDORO (*dopo essere stato in ascolto lui e il Barone*). Io non sento niente. Si sarà sognato Don Nunzio nel vino.

SCENA II

BARBARA (*dalla stanza a terreno, con voce roca dal sonno al Barone*). Signor Barone, dice la signorina...

BARONE (*interrompendola bruscamente e tendendo l'orecchio*). Sss!... Vi caschi la lingua...

BARBARA (*sorpresa*). Perchè?

BARONE (*vivamente a Sidoro*). Gente! C'è gente là, nel sentiero!

SIDORO (*dopo esser stato ad ascoltare, come prima*). Io non sento niente... Ma a buon conto chiudiamo?

BARBARA (*brontolando quasi fra sè*). Quella è gente che non ha buone intenzioni, certo!

IL BARONE (*prendendola per le spalle*). Andate a dormire se avete sonno.

BARBARA. Veh!... A chi la conta ora lui?

Rientra in casa borbottando.

SIDORO (*premuroso*). Chiudiamo, signor Barone?

SCENA III

D. ROCCO (*mentre Sidoro stava per chiudere entra trafelato, gridando*). Che mi lasciate fuori, perdio!

IL BARONE. Ah, siete voi, Don Rocco?

D. ROCCO (*irritato*). Chi volete che sia adesso? Chi avete messo in quest'inferno?

SIDORO. Vossignoria che chiamava di lassù?

D. ROCCO (*voltandosi contro di lui*). Io? per prendermi una schioppettata nella schiena? Fortuna che i cani mi conoscono!

Al Barone:

Avete voluto lo sciopero?...

IL BARONE. Io?

D. ROCCO (*chiamando di sopra*). Don Nunzio? Sarà andato a letto, quell'animale!

Al Barone:

Avete messo il paese intero sossopra col vostro sciopero!

SIDORO. Saran quelli dello sciopero che si danno la voce per metter mano al sacco e fuoco!

D. ROCCO. Avete messo il paese intero a sacco e fuoco, per non crescere le paghe!...

BARONE. E i danari?

D. ROCCO. Mancano danari a quell'usuraio! Quando v'arricchite...

IL BARONE (*sorridendo amaramente*). Io non mi sono arricchito, certo!

D. ROCCO. Noi no. Ma intanto chi ne va di mezzo son io!

IL BARONE (*scaldandosi anche lui*). Ed io?

D. ROCCO (*eccitatissimo, parlandogli colle mani sul viso*). Ne avete voi covoni sull'aja, eh? Ne avete roba e bestiame all'aperto che con un fiammifero ve la...

Soffiando sul palmo della mano aperta.

Così! era un momento!

Vedendo Rametta che è affacciato sul terrazzino.

Con voi parlo... Don come vi chiamate! Ci avete scatenato addosso un nugolo di affamati, col vostro sciopero! Avete rovinato un paese, per non voler aumentare le paghe!

SCENA IV

IL BARONE. Come si fa ad aumentare le paghe quando gli zolfi ribassano sempre!

D. ROCCO (*esasperato*). Voi siete un minchione! Per questo v'hanno preso la zolfara per nulla!

IL BARONE (*ironico*). Voi, che non siete un minchione però non state meglio di me!

D. ROCCO (*a Rametta*). Minacciano di distruggere ogni cosa! Son giunte notizie d'inferno, al Delegato!

Al Barone:

E il capoccia, il capobanda, è vostro genero quel viso di forca!

BARONE. Io non ho generi!

RAMETTA. Ci pensi il Delegato. Per questo pago le tasse.

D. ROCCO. Andate a contarla alla gente che ha fame, questa delle tasse! Ora parlate così perché siete diventato ricco e avete la pancia piena!

RAMETTA. E voi parlate così perchè non avete più nulla!

D. ROCCO. Fanno bene se vi incendiano la zolfara!

IL BARONE. Ma state zitto! Anche voi ci avete la vostra quota... nella zolfara...

D. ROCCO (*in tono calmo e contratto*). Non me ne importa. L'ho venduta a lui... Per un pezzo di pane, è vero!...

Salendo di corsa ad investire Rametta.

M'avete pignorato fino i peli della barba per quella miseria che vi dovevo!... per ringraziarmi anche per l'ajuto che vi ho dato!... che vi ho tenuto il sacco, ladrone che siete! Non mi rimane se non quel poco di seminato che ci ho là *accennando di fuori a destra*

in pericolo! in causa vostra! con quattro figli e la moglie da mantenere, avete capito?

RAMETTA. A me la contate?

D. ROCCO (*furioso*). A voi! Finiamola con questo sciopero! Pagate meglio la gente!

BARONE. Come si fa a pagarla meglio?

D. ROCCO. A voi che importa?

A Rametta:

Sono un nugolo d'affamati! Là, a Vetrabbia, a Goramorta, alla Salina, tutto intorno! Contentateli per ora; almeno finchè avremo messo al sicuro il raccolto. Dopo rompetevi il collo.

RAMETTA. Il collo rompetevelo voi. Io mando a chiamare la forza.

D. ROCCO. Ma che forza? Non potete mettere un soldato su ogni palmo di terra.

RAMETTA. Io li metto alla mia zolfara..

SCENA V

Donna Barbara, accorrendo scalmanata dalla destra e detti.

D. BARBARA. Signor Barone!... Signori miei!... Laggiù nella valle...! venite a vedere!...

D. ROCCO (*eccitatissimo, andando addosso a Rametta*). No! Finiamola com'è vero Iddio! Vado a prendere un lenzuolo dallo stesso vostro letto e l'appendo alla finestra, com'è vero Dio! Pace, pace, bandiera bianca!

A Sidoro:

Voi attaccatevi alla campana perchè vengano a vederci...

RAMETTA (*respingendolo*). Ma siete ubbriaco, a quest'ora...

D. BARBARA. Fuoco! Fuoco! Laggiù... guardate!...

IL BARONE. Dove? dove?

SIDORO (*indicando un chiarore al di sopra del muro a destra*). Lì nella valle si vede anche di qua.

D. ROCCO. Sarà il fienile che ha preso fuoco.

SIDORO. No, è dietro il casamento vecchio.

D. BARBARA. Sarà la legna della zolfara.

IL BARONE (*sconvolto*). La zolfara! la zolfara!

RAMETTA (*che è salito a vedere dal terrazzino*). Ma che zolfara! Son quattro covoni laggiù...

D. ROCCO (*cacciandosi le mani nei capelli*). Ah! i miei covoni!

Parte correndo.

RAMETTA (*dal terrazzino, al Barone e a Sidoro*). Andate al paese a chiamare la forza. A voi dico! Correte!

SIDORO. Correte! Chi ha da correre ora?

RAMETTA. Devo andarci io a chiamare i soldati?

IL BARONE (*eccitatissimo*). Io!... Vado io!...

D. BARBARA (*facendo per trattenerlo*). No, signor Barone!

IL BARONE. Devo aspettare che vengano a metter fuoco alla zolfara? A mia figlia non dite niente. In mezz'ora vado e torno.

SIDORO. Aspettate!...

IL BARONE. Aspettate un corno!

Parte correndo a sinistra.

D. BARBARA (*a Rametta*). In causa vostra!... Un padre di famiglia!...

RAMETTA. Chiudete il portone, e non aprite neanche a Domeneddio!

SIDORO. Sì, Sì...

Va a chiudere.

D. BARBARA. Lo dissero e la fecero di mettere a sacco e fuoco!

SIDORO. Tre settimane che non si lavora! La gente muore di fame. Comare Grazia ha chiuso bottega per non far più credito.

SCENA VI

NINA (*accorrendo dalle stanzette a destra mezzo discinta, e tutta sottosopra*). Papà?... Cosa avviene laggiù nella valle?... Dov'è mio padre? Dov'è?

RAMETTA. L'ho mandato a chiamare la forza, per Bacco!

Le volta le spalle bruscamente e rientra in casa sua.

NINA (*smarrita, facendo per correre*). Ah!

D. BARBARA (*trattenendola*). Ma dove andate? Siete pazza?

NINA (*imprecando dietro a Rametta*). Assassino!

SIDORO. Or ora il padrone è qui coi soldati.

NINA (*smaniando*). Ah, Signore!... Accompagnatelo voi, Signore...

Cade ginocchioni e colle mani giunte dinanzi alla cappelletta,

balbettando sconnessamente le parole dell'Avemaria.

Dio vi salvi o Maria... o Maria... Dio vi salvi o Maria...

D. BARBARA (*inginocchiata, e pregando lei pure*). Santa Maria, Madre di Dio... Ci ammazzano tutti quanti!

SIDORO (*a Nina*). Non temete. Siamo qui noi.

NINA (*vivamente*). Sss! Sentite!

SIDORO. Non sento niente.

D. BARBARA. Chiamano! Chiamano!

SIDORO. Non apro neanche a Domeneddio!... E quel poltrone di Don Nunzio che si è chiuso dentro! Che ci lasciate in ballo noi soli, Don Nunzio?

LISA (*tornando a bussare*). Aprite! Aprite!

D. BARBARA. La voce di donna Lisa! È donna Lisa!

NINA. Lisa! Lisa!

Apre.

SCENA VII

LISA (*entrando, pallida e trafelata*). Papà!... Dov'è il papà?

NINA (*abbracciandola con impeto di tenerezza*). Lisa! Lisa mia!

Scoppia a piangere.

D. BARBARA. Donna Lisa! Qui! A quest'ora!

LISA (*ancora ansante*). Quelli dello sciopero!... si sono ribellati!... Vogliono distruggere ogni cosa!... Dov'è il papà? Dov'è?

D. BARBARA. Non c'è. È andato al paese.

LISA (*cadendo a sedere sugli scalini della casa, come le mancassero le forze*). Signore, Vi ringrazio! Come ho fatto quella strada... dal casamento vecchio fin qui... col fiato ai denti! Non sentono più nessuno, neanche mio marito! Hanno quasi ammazzato il soprastante perchè mandò a chiamare la forza...

SIDORO. La testa dovrebbero averla tagliata quelli che hanno soffiato nel fuoco prima!

LISA (*cogli occhi accesi*). Dite bene, voi che non vi manca nulla, qui, nella casa di mio padre!

NINA. Ah, povera sorella! Come sei ridotta!

D. BARBARA (*a Sidoro*). Non ci manca nulla! Sentite?

NINA (*mettendole una mano sulla bocca*). Tacete! Tacete!

RAMETTA (*uscendo di nuovo, pallido, col fucile in mano*). Il portone! Chiudete il portone!

SIDORO. Eccoli! Vengono!

D.. BARBARA. Chiudete! Chiudete!

Si ode avvicinare un rumore di folla in tumulto.

LISA (*correndo verso il portone*). Luciano!... Luciano!...

D. BARBARA. Il padrone! la voce del padrone!

NINA. Papà! Papà!

SCENA VIII

RAMETTA. Signori miei! Badate a quello che fate! C'è la legge! C'è la giustizia!

IL BARONE (*si scioglie bruscamente dalle braccia di Nina, guardando Lisa che rimane tutta tremante dinanzi a lui, senza trovar parola; fa per borbottare qualche cosa, a un tratto se la piglia infuriato con Nardo che è entrato anche lui*). Prima lévati il berretto quando entri in casa mia!

NARDO (*cavandosi il berretto*). Sissignore, ma sentite...

BARONE (*eccitatissimo, guardando ora Lisa e ora gli operai affollati all'uscio*). Entra chi vuole in casa mia! Come fosse una piazza!

NARDO. Siamo colle spalle al muro, Vossignoria! Siamo come quelli che succede quel che succede!...

MATTEO (*vociando più di tutti, e gesticolando colle mani giunte*). Ma che si deve andare davvero in galera, sangue di Giuda ladro?... Ma che s'ha a morir di fame o andare in galera?

NARDO. Pelle per pelle, meglio la galera!

IL BARONE (*gridandogli sul muso*). L'avrai questa soddisfazione, l'avrai!

MATTEO. Ma dunque per forza s'ha a morir di fame, cristiani del mondo!

NARDO. Ci siamo mangiata sino la camicia! Tre settimane che non si lavora!...

IL BARONE (*sarcastico*). Meglio. Vi riposate.

LISA (*giungendo le mani*). Papà! Papà!

IL BARONE (*la guarda irato e poi scatta a sfogarsi contro gli altri colla schiuma alla bocca*). Il fegato dovete mangiarvi! il fegato!

NINA (*supplichevole*). Ah no! no!

RAMETTA (*facendo uno sforzo per frenarsi, parlando agli operai con un sorrisetto ironico*). Scusate, perdonate, signori miei... Potete comandare... quel che volete...

GLI ALTRI (*che sono fuori, gridando*). Vogliamo quello ch'è giusto! Ecco!

MATTEO. O ce lo pigliamo noi!

RAMETTA (*che è stato a guardare or l'uno or l'altro colle braccia incrociate*). Servitevi. Padroni!

NARDO. Così non possiamo andare avanti. Vogliamo cresciuta la paga.

IL BARONE. Anche noi qui non andiamo avanti!...

RAMETTA. Facciamo crescere anche il prezzo degli zolfi per aumentare le paghe!

MATTEO. A questo dovete pensarci voi.

IL BARONE (*ironico*). È vero. Devo pensarci io ai denari.

NARDO. Per questo siete il padrone.

BELLOMO. Ma non vedete come sono ridotto? Ve l'ho dato il mio lavoro e la mia salute!...

MATTEO. Vent'anni che scavo zolfo sotto terra!

IL BARONE. Se non c'è denaro!

NARDO. C'è lo zolfo, se non c'è denari.

RAMETTA. Vendetelo se vi riesce.

MATTEO (*inferocito*). Se non si può vendere lo bruceremo. Bruciamo la zolfara! Nè io nè tu!

ALTRI (*urlano*). Finiamola! Finiamola!

D. BARBARA. Sparano! Sono armati!

NINA (*strillando*). Ah!

LISA. Sparano, papà!

IL BARONE. Via di qua! Vuoi farti ammazzare per giunta?

NINA (*al barone*). Ma dategli quel che vogliono!

IL BARONE (*pallidissimo, colla schiuma alla bocca*). Che debbo dargli? Non ho nulla da dargli!

URLI DI FUORI. Alla zolfara!

LUCIANO (*facendosi largo fra la folla*). Un momento, signori miei, un momento!

IL BARONE (*sorpreso alla prima, vedendo comparire Luciano, gli volta poi subito sdegnosamente le spalle*). Sembra una piazza, la mia casa, oggi!

LUCIANO. Lasciatemi capacitarli, signor Barone.

IL BARONE (*senza voler rispondere a lui, rivolto agli ammutinati*). Ora vengono i soldati a capacitarvi! Aspettate!

MATTEO E GLI ALTRI DELLA FOLLA. Non ce ne importa! Non abbiamo paura!

LUCIANO. Neanche del cannone abbiamo paura!

Volgendosi poi in tono diverso ai compagni che vociano tutti insieme.

Ma signori miei, qui parlate a un muro. Il padrone non è lui. La zolfara adesso se la gode Rametta. Deve pagare Rametta.

IL BARONE (*furioso, voltandosi in là*). Vengono i capopopolo a dettar legge in casa mia!

LUCIANO (*al Barone*). Rametta ci mangia vivi tutti quanti, Vossignoria!

IL BARONE (*c. s. ma gridando la stessa cosa sul muso a Luciano*). Vengono a dettar legge; se mi piace farmi mangiare da chi mi pare...

LUCIANO (*riscaldandosi anche lui*). Buonprò vi faccia! Ma anche la roba di vostra figlia s'ha da mangiare quel ladro?

RAMETTA (*irritatissimo, agli operai*). Che pretendete? Che m'andate cantando? Sono stato operaio anch'io, come voi... Ho lavorato tutta la vita, sino a vecchio... Un soldo per un sigaro non l'ho speso! all'osteria non m'hanno visto... Ho lavorato come un cane nella miniera, sottoterra, a scavar zolfo!... E ora perchè so il fatto mio, e voi no...

MATTEO. Basta colle chiacchiere!

Tutti gridano e Rametta è travolto nel parapiglia.

LUCIANO (*al Barone*). Badate! Badate! Ora succede quel che succede. Danno fuoco alla zolfara. Mi dispiace per voi!... per le vostre figlie!...

IL BARONE (*furioso, prendendo Nardo per le spalle e respingendolo insieme agli altri*). Vattene ora vattene! Fuori di casa mia!

URLI DI FUORI. Alla zolfara! Alla zolfara!

Il tumulto cresce di fuori. A un tratto si vede comparire nella folla, una fiaccola accesa.

MATTEO. Bravo! Date qua!

LUCIANO (*afferrandolo pel petto*). Ehi! Che fai? Dici sul serio?

MATTEO. Come, sul serio? L'hai detto tu stesso!

LUCIANO. T'ho detto di dar fuoco alla zolfara di mia moglie?

NARDO. Volti faccia anche tu! Tradisci i tuoi fratelli!

IL BARONE. Luciano!

LISA (*facendo per corrergli dietro anche lei, come una pazza*). Luciano! Luciano!

IL BARONE (*fermandola*). Tu no! Bada!

LISA (*smaniando*). Non m'importa! È mio marito.

LUCIANO (*torna pallido e stravolto, colle mani nei capelli*). Cosa hanno fatto! cosa hanno fatto! Datemi un fucile!

Afferra il fucile di Rametta e corre all'uscio.

IL BARONE. Vuoi farti ammazzare anche tu?

Facendo per tranquillarlo.

LUCIANO (*senza dargli retta e portandosi al portone, risoluto, col fucile spianato*). Devono passare di qui per la zolfara!...

IL BARONE (*gli strappa il fucile di mano e lo caccia dentro fra le braccia sue e di Lisa*). Pensa a tua moglie ora!

Squilli di tromba all'interno.

TELA